Le disparu du Taureau

Jean-Louis KERGUILLEC

Le disparu du Taureau

Collection

ENQUÊTES & SUSPENSE

Quadri Signe - Editions Alain Bargain
125, Vieille Route de Rosporden - 29000 Quimper
E-mail : contact@editionsalainbargain.fr
Site Internet : www.editionsalainbargain.fr

- À la petite troupe de mes petits-enfants
Lola, Swann, Jeanne, Edgar, Lise, Louis, Léonard.

- A tous mes ami(e)s du marché du jeudi matin à Carantec
Meggie, Gaëlle, Alain, Maha, Fernando, Christine, Yvon, Olivier, Jocelyne, Jean-Luc, sans oublier tous les autres.

- À Christine et Serge du bar L'Équipage pour la chaleur de leur hospitalité.

- À Karine et Marie du Comptoir de la Mer.

- À tous mes amis péchous de Kastell Bian
À la mémoire de Frédo.

« Monsieur B anqui, il est interdit de regarder la mer ! »

*

« — Vous m'avez enfermé dans un tombeau, vous me devez au moins la paix du tombeau.

— Je ne puis pas empêcher de chanter des gens qui s'ennuient. »

PROLOGUE I

Vendredi 10 juillet 2015. Le Bruly. Port de Locquénolé. Entrée dans la nuit.

Ambroise Lachuer, tout ratatiné dans sa voiturette blanche, tassé et recroquevillé sur son siège, épaules et tête basses derrière le volant, son petit cou étroit profondément enfoui dans une vieille chemise à carreaux, attendait que tombe enfin la nuit, la regardait descendre sur ses genoux et patientait depuis plus d'une heure au bord de la rivière de Morlaix, sur un petit délaissé de terrain tout au ras de la route, à peine quelques mètres avant le parking du quai du Bruly, à Locquénolé. Avant de quitter sa petite maison du Relecq, aux confins des Monts d'Arrée, pour se donner du cœur à l'ouvrage, il s'était versé, en tremblotant, un petit demi-verre de porto qui lui avait longuement râpé la gorge, puis enflammé le ventre. Une bouteille, recouverte de poussière et oubliée depuis si longtemps, qu'il était allé chercher, en allongeant le bras, tout au fond du placard de sa cuisine. Il est vrai qu'il s'était refusé la moindre goutte d'alcool depuis bientôt dix ans. Et d'ailleurs, tout plaisir de la vie. La dernière fois qu'il en avait bu un verre, c'était avec sa femme Clarisse pour leurs cinquante ans de mariage. Leurs noces d'or, cinquante années d'amour qu'ils avaient souhaité fêter et célébrer en toute intimité. Ils étaient même allés au restaurant à Morlaix, un restaurant pas trop cher, puis au cinéma, et rêvaient déjà à leurs futures noces de diamant. Ces dix prochaines années allaient passer tellement vite ! C'était la même bouteille noire et trapue, à l'étiquette dorée, sur laquelle une femme dansait, tournant sur elle-même sur la pointe des pieds et les bras haut levés. Nul n'y avait touché durant toutes ces années. Ambroise Lachuer avait laissé la bouteille et le verre sur la table et quitté sa petite maison, dans la lumière ocrée et pourpre du soir qui déclinait doucement vers l'ouest, au-delà des pentes rousses et des chicots d'ardoise du Roc'h Trévézel.

La nuit montait lentement de la rivière et s'élevait en écharpes douces, torsades et volutes de brume, et l'eau noire et lourde fumait, semblait bouillir comme un baquet de lessive. Le petit homme, tapi derrière son volant, ne quittait pas des yeux la petite place, sur sa droite, juste à quelques mètres devant lui et la silhouette d'une grande femme, maigre et tordue, toute vêtue de noir, qui allait et venait du quai à la route et parfois la traversait pour venir regarder à travers la vitrine de la crêperie située juste en face. Elle marchait lentement, avec des allures de vieille sorcière, poussant loin devant elle sa maigre poitrine et ondulant de ses hanches étroites. Ambroise en connaissait les habitudes, l'avait déjà guettée à quantité de reprises, et le moindre de ses gestes lui était familier. Puis la longue silhouette funèbre retournait sur la petite place, face à la mer. La marée était haute à cette heure-là, et les vagues battaient le quai, sans doute un reste de la houle du large, en cette fin de grande marée et après quelques jours de vent d'ouest assez violent. La femme qu'il guettait, faisait ce va-et-vient tous les soirs et le froid, à la mauvaise saison, la pluie battante, la grêle ou même la neige ne la décourageaient jamais. Ambroise Lachuer quitta enfin sa voiture, en referma la portière avec précaution, évitant de la claquer, et s'approcha doucement de la femme, alors que, le dos tourné, elle passait derrière un fourgon arrêté sur la petite place. Arrivé auprès d'elle, il prit de loin son élan et, de toutes ses forces, la poussa dans le dos. Il y avait mis toute l'énergie et toute la rage dont il était encore capable à son âge. C'étaient là plus de vingt années de haine concentrées en un seul geste. La femme en noir partit en avant, bascula et s'abattit à plat sur l'eau en poussant un petit cri pointu, couvert par le rugissement d'une grosse moto qui passait sur l'autre rive, sur la route du Dourduff, devant la maison Cornic. Notre petit homme prit tout juste la peine de jeter un coup d'œil rapide en contrebas du quai, la regarda se débattre un bref instant, jupes en éventail, grand nénuphar noir et grotesque, puis rapidement s'enfoncer et couler à pic. Un large sourire illumina son visage étroit et ridé, puis, d'un coup, il se retourna et trottina tout menu jusqu'à sa voiture. Il semblait léger et sautillait comme un petit moineau. On eût même dit qu'il dansait ou qu'il allait s'envoler. Il opéra vivement un demi-tour sur la route et prit la direction de Morlaix. Le trajet du retour lui parut très court, et il se surprit à fredonner une chanson à la mode au temps de sa jeunesse, *La Vie en rose*, lui qui n'avait jamais eu la moindre envie de chanter depuis tant d'années. Arrivé chez lui au Relecq, il rangea la voiturette dans le garage dont il verrouilla soigneusement la porte, entra dans sa salle à manger, saisit un cadre argenté sur le lourd bahut breton à décor de galettes, une photo de mariage où, tendant la main à un petit homme tout raide qui redressait le menton dans son complet anthracite, semblant étranglé par sa cravate, une jeune femme brune regardait fixement l'objectif de ses petits yeux noirs et effarés. Il l'embrassa dévotement et à plusieurs reprises, claquant bruyamment des lèvres et les poussant en avant, le présenta devant ses yeux en levant haut les bras.

— Tu vois, Clarisse, ma chérie, mon amour, je l'ai eue, je l'ai eue enfin, cette sale vache, cette vieille salope ! J'ai bien fait d'attendre toutes ces années. Pardonne-moi, j'ai peut-être même attendu trop longtemps, mais je voulais attendre le jour de nos noces de diamant. Cette fois-là, ça y est enfin ! Je l'ai poussée dans la mer, à Locquénolé, juste devant chez elle, Elle ne doit pas savoir nager et j'espère bien qu'elle est déjà crevée à l'heure qu'il est, que les crabes verts et les poissons vont lui manger sa sale gueule, lui arracher sa langue de pute, et que les crevettes et les bigorneaux perceurs vont lui entrer très profond dans le derrière. Elle ne méritait pas davantage, cette garce, et quel bon débarras ! Une saleté de moins à la surface de la terre. Elle t'a tellement fait souffrir durant toutes ces années ! Je t'ai vengée, j'y ai mis le temps, je le sais bien, mais j'ai choisi et attendu le jour, et j'ai quand même réussi. Je l'ai eue enfin, elle est crevée à l'heure qu'il est, tu peux enfin reposer tranquille, mon amour.

Ambroise Lachuer reposa le cadre argenté avec d'infinies précautions, l'orienta avec minutie, à gauche, puis à droite, se reprit à deux reprises, reculant de quelques pas, puis avançant d'autant, penchant la tête d'un côté, puis de l'autre et ne le quittant pas des yeux, et, satisfait, se retourna enfin. Il se servit un verre de porto, un grand verre cette fois-là, rempli à ras bord, le tendit en direction du cadre argenté, le but d'un trait, se torcha la bouche d'un revers de manche, puis rangea la bouteille tout au fond du placard. Il passa son verre sous le robinet, l'essuya, y enfonçant profondément le pouce, le remit dans le buffet, se frotta les mains, un large sourire sur son visage étroit, puis monta légèrement l'escalier en sifflotant, et alla se mettre au lit avec la conscience et la fierté du devoir enfin accompli. Il chantonnait encore *La Vie en rose* en repliant et tapotant soigneusement sa courtepointe rouge.

PROLOGUE II

Baie de Morlaix. Château du Taureau. Lundi 13 juillet 2015.

Xavier Delarue avait embarqué sur Le Cormoran qui, parti de la cale du Kelenn à Carantec, accostait maintenant au château du Taureau. Les touristes, massés sur le pont, appareils photo et téléphones portables à bout de bras, mitraillaient tout ce qui se présentait à leur portée. Le granit du débarcadère était mouillé et glissant. Un matelot donnait le bras aux passagers pour les aider à descendre du bateau et poser sur le sol un premier pas prudent. Un jeune homme en parka vert bronze, portant un petit sac de toile en bandoulière, descendit comme les autres, en prenant garde de ne pas trop mouiller ses chaussures aux vaguelettes qui assaillaient les marches de granit usé, et monta, porté par le mouvement de la foule, l'escalier de pierre inégal, s'accrochant à la rambarde mangée de rouille. Il se mêla aux visiteurs qui franchissait le pont-levis et pénétrait dans l'ombre de la cour de la vieille forteresse. Un pavillon claquait au vent, au sommet de la tour, et la drisse cliquetait sur le mât. La mer, inlassablement, battait le rocher au pied de la forteresse. Le jeune homme écouta un instant le guide, une jeune femme blonde, plutôt jolie, qui, juchée sur une estrade évoquait, en forçant la voix, l'histoire du château. Il avait été construit sur un rocher appelé le Taureau pour arrêter les Anglais qui venaient piller et ravager le pays de Morlaix. Elle exposait les différents avatars de la bâtisse au cours des siècles. Ancienne forteresse militaire devenue ensuite prison, elle avait été la villégiature estivale d'une dame de la haute société parisienne qui l'aménagea, la meubla et la décora à son goût et qui, tous les étés, y menait grand train et joyeuse vie avec de nombreux invités de marque. Le fort devint ensuite une école de voile pendant une vingtaine d'années. Puis, durant une longue période, il fut laissé à l'abandon, ouvert à tous les vents et livré aux rats de grève, aux goélands et aux vandales de tout poil. Enfin, restauré à grands frais, le Taureau avait été rendu aux touristes qui venaient en foule, à la belle saison, le visiter depuis Carantec ou Plougasnou, de l'autre côté de la baie. Plus de vingt mille visiteurs par an.

Le jeune homme à la parka verte monta sur la terrasse du Taureau. La pierre chauffait sous le soleil. Une odeur d'algues et de marée se mêlait à celle des produits solaires. Des odeurs de vacances. Il resta un long moment à regarder la mer, accoudé sur le parapet. La fin de la visite, qui durait environ une heure, était annoncée par deux sons de cloche distants de quelques minutes. Au second, il fallait impérativement regagner le bateau. Il avait décidé de laisser partir le dernier bateau et de se cacher dans l'échauguette nord, au coin de la terrasse, et de se laisser enfermer dans le château. Il écouta les derniers bruits de pas sur le pont-levis et celui de la lourde serrure. Il suivit des yeux le bateau qui s'éloignait et passait auprès de l'île Louët en direction de Carantec. Il était désormais seul dans la forteresse, vaste et lourd vaisseau de pierre posé au milieu de la baie. Il tenait à la main un livre ancien, broché, aux coins noircis, racornis et rebiqués, à la couverture beige, et qui paraissait avoir déjà beaucoup servi. Il se tenait accroupi, recroquevillé au coin du mur. Les mains aux genoux et serrant fort le livre contre son ventre, il avait décidé de passer la nuit seul sur la terrasse à contempler les étoiles. Il avait enfin le château pour lui tout seul. Toute une nuit. Il réalisait enfin son rêve.

Un peu plus tard, il entra dans la cellule de Blanqui, au premier étage de l'unique tour du château et qu'on appelait la Tour Française. C'était une cellule basse et voûtée, sans cheminée, puant le salpêtre et l'humidité, située tout juste auprès du mécanisme du pont-levis. Une petite fenêtre, protégée par des barreaux en fer forgé, donnait sur la cour intérieure. Ainsi assis, dos au mur, il attendit l'obscurité et avait dû s'assoupir. La fraîcheur de la nuit le réveilla. Il monta sur la terrasse et s'absorba dans la contemplation des étoiles car il avait aussi apporté une carte du ciel. Sa lampe au front, il se reportait à l'ouvrage de Blanqui, *L'Éternité par les astres*, dont il ne se séparait jamais. Il y eut soudain le claquement du grand loquet, un long grincement, et le bruit des gonds la porte qu'on ouvrait. Une silhouette noire se glissa dans le château. Penché tout au bord du parapet, pour essayer de voir l'entrée de la cour intérieure, Xavier Delarue restait tendu et tous les sens en éveil, lorsqu'il perçut un glissement dans son dos et ressentit une présence. Il n'eut pas le temps de se retourner qu'il reçut un choc violent à l'arrière de la tête, puis qu'aussitôt, un bras lui passa sous une jambe, une autre sous le buste, et il se sentit à la fois renversé en avant et soulevé. Il avait instinctivement passé son bras en arrière pour essayer de s'accrocher et de se retenir et sa main avait tout juste frôlé une surface froide, mouillée et lisse comme la peau d'un squale. Il se sentit roulé et poussé sur la pierre du parapet, partit en avant sans un cri et son corps s'écrasa sur le pavé de la cour intérieure avec un claquement sec, comme un sac de sable. Du sang jaillit de sa bouche puis s'écoula de ses oreilles, serpenta au sol et s'infiltra lentement dans le creux des joints, entre les dalles d'ardoise. L'ombre noire ramassa le sac, le fouilla, puis s'éloigna, abandonnant le livre de Blanqui auprès du banc sur la terrasse. La cour du château et ses hauts murs résonnèrent encore quelque temps de bruits sourds, de chocs de métal clair et de raclements lourds, un peu comme les frottements de grosses pierres sur d'autres blocs et que l'on cherchait à déplacer, que l'on glissait l'une sur l'autre ou que, peut-être, l'on remettait en place. Quelqu'un, de toute évidence, remuait de lourdes pierres, quelque part au fond de l'antique forteresse.

La longue silhouette noire, fine et souple, se coula dans l'entrebâillement de la porte, gagna le pont-levis qui vibra et craqua un peu sous ses pas, puis disparut dans un bruit d'eau vivement remuée.

Une demi-heure plus tard, aux alentours de minuit, une nouvelle ombre, portant un bonnet péruvien rouge et bleu, entra doucement dans la forteresse, hésita et se dirigea à droite, directement vers l'escalier de la terrasse dont il fit le tour, projetant devant lui le mince pinceau d'une lampe de poche qui produisait une lumière pauvre et intermittente. Il s'arrêta un moment pour regarder un livre qui traînait à terre et fixa sur lui le halo de sa lampe. Il n'y toucha pas, évita de le ramasser puis redescendit à l'entrée de la cour intérieure. Il appela doucement et de plus en plus fort. Insista. Personne ne lui répondit. Sa voix faisait écho et résonnait lugubrement entre les lourdes murailles de granit. L'ombre au bonnet de laine ne s'attarda pas dans le château, sembla prendre peur et en sortit précipitamment. Il s'éloigna en pagayant nerveusement sur son kayak de mer.

Plus tard, il y eut encore des bruits de moteur hors-bord. Un homme amarra son zodiac noir à la rambarde du débarcadère et fit descendre de l'embarcation un grand chien blanc. Il portait un ciré jaune et un bonnet de laine profondément enfoncé sur la tête. Il sortit une grosse clé de la poche, mais trouva la porte déjà ouverte et laissa échapper un juron. Une puissante lampe de poche balaya les murs, fouilla les pièces et l'obscurité de tous les cachots. Il y eut des ordres secs d'un maître qui rappelle son chien et des allées et venues nerveuses. Il visita toutes les salles, emprunta tous les escaliers et promena le faisceau de sa lampe dans tous les recoins. Il monta sur la terrasse, vit un livre par terre, auprès d'un banc. Il était sûr que la veille, lors de sa dernière ronde, avant le départ du dernier bateau de la journée, ce livre ne se trouvait pas là. Ce n'était pas possible, il en était sûr et certain. Il vérifiait tout avec minutie avant de quitter le château. Il y braqua sa lampe, le poussa du pied, mais ne le ramassa pas. C'était un livre ancien à la couverture brune et aux titres rouges. Quelqu'un était donc entré dans le château depuis sa fermeture après le départ du dernier bateau de touristes de la soirée. Quelqu'un qui était peut-être là encore et le visiteur au ciré jaune regrettait de ne pas, cette fois-là, avoir apporté son fusil de chasse, ce qu'il faisait pourtant assez souvent. Avec son chien, il chercha et fureta partout, ne trouva personne, hésita au moment de partir, mais ne referma pas la porte à double tour comme il en avait l'habitude. Il choisit de la laisser ouverte. Il quitta le château, au ralenti de son moteur, passa auprès de l'île Louët où les lumières étaient désormais éteintes. Seul le phare, à l'extrémité ouest de l'île, une tour blanche carrée au sommet noir, au pignon d'une petite maison, projetait des éclats verts. Trois occultations toutes les douze secondes. Les locataires qui séjournaient sur l'île ces deux derniers jours avaient dû aller se coucher, saoulés par les embruns et le remuement inlassable de la mer autour de leur petit paradis temporaire et tarifé, loué et disponible pour seulement quarante-huit heures.

Bien plus tard encore, très tard même, vers la fin de la nuit, un autre zodiac, très gros et rouge celui-là, équipé d'un moteur hors-bord puissant aborda le débarcadère du château. Il y eut des cris d'hommes et des cris plus aigus de femmes, comme des vociférations d'ivrognes et des rires. Puis, au bout d'une dizaine de minutes, le bateau s'éloigna dans un rugissement de moteur violemment sollicité et prit le chenal de Tréguier, vers Térénez et Plougasnou. Enfin, l'antique forteresse retourna au silence et se renferma sur ses mystères. On n'entendait plus que le bruit des lourdes gouttes tombant du plafond de la poterne et s'écrasant sur le dallage de granit, le battement et le fracas des vagues sur le rocher du Taureau, le cliquetis incessant de la drisse du pavillon contre le mât, tout au sommet de la tour, et, vers l'est, le halètement de l'éolienne de l'île Noire qui ahanait et brassait opiniâtrement la nuit. À l'ouest, au-delà des clochers de Saint-Pol-de-Léon et de l'île de Batz, l'orage grondait et roulait sourdement, un orage de mer qui éclata vers quatre heures du matin. La pluie se mit à tomber, lourde et drue, accompagnée d'éclairs et de violentes bourrasques, un véritable déluge qui ne s'arrêta qu'au lever du jour.

I

J'enquêtais dès le début de cette semaine-là sur les circonstances de la noyade d'une femme que la mer, en se retirant, avait abandonnée dans la vase en contrebas de la cale du Bruly, à Locquénolé. Un ostréiculteur qui, très tôt le matin, empruntait le quai pour rejoindre son chaland amarré au milieu de la rivière, avait découvert un corps gisant à plat ventre sur la grève, le visage enfoui dans la vase et les bras en croix. Il avait aussitôt alerté les gendarmes de Saint-Pol-de-Léon et les pompiers de Morlaix. On reconnut le cadavre de Germaine Nuz, une femme bien connue de tous dans la commune, une vieille mégère qui, disait-on, s'attaquait à tout le monde depuis des années. La thèse d'un accident ou peut-être d'un suicide paraissait a priori évidente, et pour les gendarmes, arrivés rapidement sur les lieux, l'affaire semblait d'avance classée. Le médecin légiste, après examen du cadavre, avait délivré le permis d'inhumer et les obsèques avaient eu lieu, deux jours plus tard, en l'église de Locquénolé, une église en travaux, glaciale et humide en dépit de la saison, et pratiquement vide, suivies de la crémation à Landivisiau, en présence d'une toute petite poignée de personnes. Tout au plus le personnel de l'établissement. Même ses enfants n'avaient pas pris la peine de faire le déplacement. Mais très vite, étrangement, dans toute la commune, une rumeur naquit, enfla et se répandit comme une traînée de poudre. On parlait d'un crime et non plus d'un accident. Personne, en réalité, ne voulait croire à la thèse de l'accident, encore moins à celle du suicide.

Pierrette Kerfriden, Madame le maire de la commune de Locquénolé, était venue voir la commissaire Évelyne Lemétayer, ma supérieure hiérarchique, qui dirigeait depuis quelques mois la police à Morlaix* et qu'elle connaissait personnellement depuis leurs communes études sur les bancs des amphithéâtres de la faculté de droit de Rennes. Elle voulait que l'on fît toute la lumière sur ce décès et surtout qu'on fît taire la rumeur qui ne cessait d'enfler, de se développer et de se répandre. C'était même un véritable torrent qui gonflait sans cesse. Les journaux locaux, *Le Télégramme* et *Ouest-France*, ne manquaient pas de s'en faire l'écho, nourrissant et renforçant davantage encore les racontars dans la commune. Ma patronne m'avait donc fermement chargé d'intervenir, de mener mon enquête et de

*Voir *Les Amours Noires du Léon*, même auteur, même éditeur.

tirer cette affaire au clair. Surtout de trouver le moyen de mettre fin à tous ces bruits qu'elle qualifiait de dérangeants et même de néfastes pour Madame le maire qui allait se présenter dans quelques mois, en bonne place sur une liste, à des élections régionales et lui avait confié que ces désordres nuisaient à son image auprès des électeurs et aussi à l'image même de sa commune. Ma supérieure souhaitait donc une enquête rapide, efficace et discrète. Nous avions aussitôt conclu un accord avec les services de la gendarmerie, comme nous le faisions désormais assez souvent et j'avais ainsi toute liberté pour mener le travail à ma guise. J'en étais donc à l'enquête de proximité en compagnie de l'un de mes adjoints, le capitaine Arsène Le Treut. Nous interrogions méthodiquement voisins et connaissances de la victime. Personne ne s'étonnait de la mort de Germaine Nuz, et, étrangement, les habitants de la petite bourgade, dans leur très grande majorité, ne dissimulaient pas leur satisfaction, s'en réjouissaient même et applaudissaient ouvertement. Une commère, disait-on, et même une mégère qui cherchait querelle à tout le monde depuis tant d'années et que tous fuyaient comme la peste. Une situation qui durait depuis au moins dix ans. On disait aussi qu'elle avait laissé mourir ses vieux parents de solitude et de misère, indifférente à leur sort et refusant même d'en entendre seulement parler. Un parfait gibier de psychiatre, et aussi de sexologue ajoutaient certains, lâché dans la nature, en liberté absolue, et que nul n'avait jamais été en mesure de contrôler. Nous n'avions aucun mal à obtenir des renseignements sur elle. Tous voulaient nous en parler et venaient spontanément à notre rencontre. Nous recherchions des témoignages, et, de fait, nous en avions beaucoup. Beaucoup trop même. Une quantité. Mais tous pratiquement identiques. Pour ainsi dire, des calques pris les uns sur les autres. Du copié-collé.

Germaine Nuz était restée veuve à soixante ans. Son mari, Emmanuel, Manu pour tout le monde, avait eu, plaisantait-on à Locquénolé, l'excellente idée de s'offrir un brutal arrêt cardiaque, quelques années auparavant. Enfin délivré, le pauvre homme ! Elle avait eu deux fils et une fille, qui vivaient au loin, le plus loin possible assurément, ne voulaient plus entendre parler de leur mère et avaient renoncé depuis longtemps à lui rendre une quelconque visite. Nous avions très vite compris que s'il nous fallait interroger tous ceux qui ne pouvaient pas la supporter, tous ceux qui étaient entrés en conflit avec elle et surtout tous ceux qui avaient eu, plus ou moins, envie de la supprimer, nous allions en avoir pour plusieurs semaines d'enquête de voisinage. Elle faisait contre elle l'unanimité absolue, et nous en étions même stupéfaits. J'avais l'impression que chaque habitant de la commune, et même au-delà, avait des motifs personnels, voire intimes, de lui en vouloir, de la détester, de la vomir, d'avoir envie de se venger d'elle et, à la limite, de souhaiter sa mort. Et même de vouloir la tuer. On affirmait dans le bourg que même les crabes verts du port, d'ordinaire si acharnés et si voraces, n'en avaient pas voulu, ne lui avaient pas crevé les yeux ni arraché sa langue de vipère. On le regrettait vivement et en termes assez crus. Elle avait gâché la vie de tellement de gens et s'était fait une telle quantité d'ennemis… On nous la décrivait avec force détails, on nous la mimait, et au bout de quelques jours, nous avions l'impression de la connaître depuis toujours, d'avoir en permanence son portrait sous les yeux et même d'avoir été nous-mêmes au nombre de ses victimes. Un véritable personnage d'un roman de Zola. Maigre, voûtée et sèche, elle avait un visage étroit et chafouin de musaraigne, constellé de taches de rousseur, un menton pointu en grande partie avalé dans une bouche édentée, des cheveux en désordre, couleur vieille serpillière, aux extrémités roussâtres, sans doute lointain vestige d'une très ancienne teinture. Elle les escamotait parfois sous un chapeau arrondi et ventru, semblable à un pot de chambre, ou sous un fichu grisâtre et effrangé, et avançait d'une démarche raide et saccadée, fagotée toute l'année des mêmes nippes noires, sales et défraîchies, qui lui donnaient une allure de sorcière. Il ne lui manquait que le chapeau noir pointu et le balai serré entre les cuisses. Germaine Nuz n'avait jamais un mot aimable pour personne, salissait tout ce qu'elle approchait, de près ou de loin, et allait au hasard des ruelles du petit bourg, son nez pointu en l'air et le regard farouche, surveillait les fenêtres et épiait par-delà le mur des jardins, l'insulte et le sarcasme à la bouche. Elle s'efforçait de pousser en avant sa maigre poitrine, la tête en arrière, roulant mécaniquement des épaules et des hanches, d'une démarche raide de vieille ourse bancale, fixant effrontément les gens qu'elle croisait, les toisant et les fusillant de ses yeux globuleux et ahuris de vieille chouette, derrière des lunettes aux verres épais comme les hublots des scaphandriers.

Germaine Nuz passait le plus clair de ses journées dans le jardin public, au bas du bourg et au bord de la route de Carantec, sans beaucoup changer de place, assise sur un banc auprès de la fontaine ou sur l'une des marches basses du monument aux morts. Elle y restait des heures, été comme hiver, et par tous les temps, à commérer avec toutes les personnes de rencontre, à arrêter les promeneurs et à leur dire tout le mal possible de ses voisins et de tous les habitants de la commune. Elle fouillait dans leur vie privée, dans leur passé, dans leurs affaires de famille, recueillait, et inventait au besoin, des propos malveillants sur les uns et les autres, qu'elle répandait ensuite dans le bourg en les transformant à sa guise et les amplifiant à l'infini. Elle promenait, en bout de laisse, un vieux teckel noir et feu, pelé, perclus d'arthrose, qui boitait bas et traînait les reins au sol. Elle ne lui laissait pas le moindre centimètre de liberté, le tirait sèchement en arrière si la pauvre bête voulait flairer le coin d'un mur ou si elle s'avisait de lever la patte sur une quelconque touffe d'herbe. La promenade rituelle et calculée de son chien lui offrait le prétexte pour aborder d'autres propriétaires de chiens, du moins ceux qui avaient l'imprudence de s'arrêter et d'accepter de bavarder avec elle. Mais la plupart des gens s'efforçaient de l'éviter, changeaient de direction ou de trottoir, tiraient sèchement leurs enfants par la main, quand elle allait vers eux. Le soir tombant, elle descendait tout en bas de chez elle, sur le port du Bruly, auprès de la route en corniche qui mène à Carantec, où elle s'attardait à regarder passer les voitures, à interpeller les rares passants ou les derniers pêcheurs qui rentraient de mer, à guetter à travers la vitrine les clients de la crêperie qui dînaient en face, de l'autre côté de la route de Morlaix, à observer et à détailler le contenu de leurs assiettes, le nez au carreau, grimaçant et grommelant entre ses dents des commentaires aigres et malveillants. La crêpière abandonnait régulièrement ses poêles et la chassait, la coursait parfois, en la menaçant du manche de son balai. Mais elle revenait aussitôt, inlassablement, insistante et vibrante comme une mouche bleue à l'assaut d'une charogne. Germaine Nuz avait largement dépassé les soixante-dix ans, mais avait encore bon pied, bon œil, et l'incroyable énergie que procurent la méchanceté et la volonté acharnée de nuire aux autres, coûte que coûte, et par tous les moyens.

L'enquête me semblait compliquée, parce qu'apparemment trop simple et trop facile, et nous n'avancions guère. Nous avions sans cesse l'impression de piétiner et de tourner en rond. D'autant que les circonstances criminelles n'étaient pas du tout avérées. Tout juste une rumeur publique qui, on le sait bien, n'est jamais tout à fait fiable. Nous avions aussi le témoignage contestable et invérifiable de ce gamin de six ans. Je pensais que Germaine Nuz avait, après tout, très bien pu glisser sur le quai et tomber à l'eau toute seule ou, qui sait, en vertu d'on ne sait quel éclair de lucidité, en avoir eu assez de son existence de vieille sorcière rejetée de tous et, en raison même de sa méchanceté, pratiquement mise au ban de l'ensemble de la population, et avoir ainsi fait le choix miraculeux pour tous d'en finir avec sa vie de merde et de se jeter d'elle-même dans le port. Mais, en réalité, je ne croyais guère à son suicide. C'eût été trop beau pour être vrai. On revenait donc à ce témoin, ce garnement de six ans qui jouait au bord de la route devant la crêperie où dînaient ses parents et qui avait déclaré sans donner davantage de précisions avoir vu un homme pousser une femme à l'eau et partir en courant.

Ses parents, tout à leur dégustation de crêpes et à leur bolée de cidre, n'en avaient tenu aucun compte et n'avaient pas quitté leur table. Le lendemain, d'autres clients de la crêperie, se souvinrent des paroles de l'enfant et répandirent la nouvelle dans la petite commune.

Sur la foi, pourtant fragile, de cette rumeur publique, nous avions donc commencé par rendre visite à la crêperie "La Bilig du Bruly" où, assurait-on maintenant un peu partout, un petit garçon aurait vu un homme pousser Germaine Nuz à la mer. Armelle Jolivet, la crêpière, nous reçut avec un large sourire et, présentations faites, nous proposa une bolée de son meilleur cidre. Arsène, ravi, accepta la proposition et je déclarai, compte tenu de l'heure trop matinale, préférer un café. Ronde, joufflue, rose et joviale, en tablier blanc à dentelle sur une jupe noire, notre crêpière affichait un air de santé florissante et les marques d'une heureuse humeur, insolente et communicative. Elle attirait d'emblée la sympathie. Nous lui avions exposé en détail les motifs de notre visite.

— Je m'en souviens très bien. C'était vers la fin du service du soir, vers vingt-deux heures. J'avais eu beaucoup de clients ce soir-là et j'étais submergée de travail, complètement épuisée, d'autant que Nathalie, mon employée, avait pris quelques jours de congé pour le mariage de sa fille. Le gamin était là, dans le coin de la salle, près de la vitrine. Cédric, il s'appelait. Ses parents le reprenaient sans cesse, mais il n'en tenait aucun compte. Il ne tenait pas en place, dérangeait les clients des tables voisines, entrait et sortait de la crêperie et s'avançait sur la route. Ses parents lui demandaient sans arrêt de faire attention aux voitures, mais il m'avait tout l'air d'un affreux garnement qui ne voulait écouter personne. Un sale gosse mal élevé et infernal et des parents déjà complètement dépassés par un gamin de moins de six ans. Pour moi, une petite merde, une tête à claques. Il a vraiment gâché le repas de tous mes clients, ce soir-là. Je me souviens qu'à un certain moment de la soirée, il est entré dans la crêperie en coup de vent et a dit : « Le monsieur, il a poussé la dame dans la mer. »

— Il a bien dit « Le monsieur », c'est déjà pour nous un point important. On a au moins une idée du sexe de l'agresseur présumé ou même supposé…

— Oui, j'en suis certaine. Je me souviens très bien de la phrase du garçon et de sa petite voix pointue de petite peste. On l'avait assez entendue et subie pendant toute la soirée !

— Vous n'avez pas pensé à aller voir dehors ?

— Non, j'étais en plein travail, j'étais même complètement débordée. Je ne prépare rien d'avance, je ne réchauffe jamais mes crêpes. Je les fais à la demande. À cette heure-là, c'est le gros coup de feu, je n'ai pas le temps de quitter mes poêles, tout juste le temps de relever la tête et de jeter un coup d'œil vers la salle. J'avais vraiment la tête dans le guidon. Et, en plus, je devais assurer le service, car, je vous l'ai déjà dit, mon employée était absente. Alors, aller voir ce qui se passait dehors, ce n'était même pas imaginable.

— Et vos clients, qu'ont-ils fait ? Personne ne s'est levé de table pour aller voir ce qui se passait de l'autre côté de la toute ?

— Non, personne n'a bougé ni tenu compte, sur le coup, de ce que racontait le gamin. Il avait indisposé tout le monde et, je vous le répète, vraiment gâché le repas de ses parents et même de tous les clients de la salle qui soupiraient et râlaient tout bas entre eux. Chacun était occupé par la conversation de sa table et le moutard était tellement turbulent et insupportable que tous s'efforçaient d'en ignorer l'existence ; pensant que le garçon avait simplement voulu se rendre intéressant, personne ne s'est levé de sa chaise pour aller voir ce qui se passait dehors. Puis la soirée s'est déroulée normalement. Les clients partis, j'ai fait le ménage, puis mes comptes, et je suis allée me coucher. J'habite là-haut au-dessus de la crêperie. J'y ai repensé quand, le lendemain matin, j'ai appris qu'on avait trouvé Germaine Nuz, son nez pointu enfoncé dans la vase, là devant, face au parking. Elle était là dans son élément, la vase et la merde, cette vieille baleine malade échouée sur la grève. J'aurais évidemment voulu voir ça, comme tout le monde à Locquénolé.

— Vous ne l'aimiez donc pas beaucoup…

— Évidemment que non, et même pas du tout ! Et je ne vous en dis pas assez ! Mettez-vous à ma place ! Elle venait presque tous les soirs me provoquer à travers ma vitrine, y coller son nez de fouine et narguer grossièrement mes clients. La tête haute, le regard fixe et méprisant. Je lui ai souvent couru au cul avec mon balai ou une bassine d'eau froide. Je lui ai même mis des coups dans ses mollets et aspergé ses fesses en gouttes d'huile ! Ne comptez pas sur moi pour la pleurer ou la regretter, cette vieille morille desséchée. Alors là, pas la moindre seconde ! Je ne mouillerai sûrement pas le plus petit coin de mon mouchoir ! Pas question, jamais de la vie ! Ni moi ni d'ailleurs personne dans toute la région. Entre nous, bon débarras et qu'elle aille au diable, cette puanteur !

— Le jeune garçon a donc dit qu'un monsieur l'avait poussée à l'eau. Vous croyez vraiment la chose possible ?

— Absolument. La plupart des habitants de la commune se seraient disputés violemment pour avoir ce plaisir-là et même cet honneur suprême. Moi-même, certains soirs, je crois que je n'aurais pas hésité une seconde. Plouf, son petit cul étroit dans l'eau, à la Germaine Nuz, et joyeux rendez-vous avec les crabes verts et les poissons voraces aux petites dents pointues…

J'espérais que ces clients de la crêpière, les parents de l'enfant, eussent payé par chèque ou par carte bancaire, auquel cas Guy aurait certainement su les retrouver grâce aux facturettes du jour qu'Armelle Jolivet s'apprêtait à nous remettre, serrées dans un petit élastique. Pas de chance, la crêpière se souvint alors que ces clients avaient payé leur repas en argent liquide, qu'elle ne les connaissait pas, qu'elle ne les avait jamais vus et encore moins revus. Ainsi aucune chance de les retrouver par ce moyen. C'étaient, de toute évidence, des touristes de passage. Cette piste se refermait donc, pas même entrouverte. Cependant, ce témoignage du gamin, peu fiable et même impossible à vérifier, entretenait le doute tandis qu'au fil des heures, la rumeur enflait et déferlait sur la commune comme un torrent qu'aucun barrage n'aurait pu contenir. Elle se résumait à quelques mots qui circulaient rapidement de porte en porte, de fenêtre à fenêtre, d'un téléphone à l'autre et de réseau en réseau : « Germaine Nuz a été trouvée noyée dans le port, elle a enfin été assassinée, tant mieux et bon débarras, mais on ne sait pas encore par qui. Deux policiers de Morlaix sont même arrivés à Locquénolé et ont commencé à interroger les habitants. »

II

Morlaix. Lundi 20 juillet 2015.

Ce matin-là, j'étais déjà dans mon bureau, un peu avant huit heures, et je parcourais rapidement *Le Télégramme* du jour, me contentant provisoirement du survol des plus gros titres, me dépêchant d'en arriver aux pages sportives, mes préférées évidemment, quitte à revenir en arrière pour une seconde, voire souvent une troisième lecture, et je m'apprêtais à passer une nouvelle journée à faire du porte-à-porte à Locquénolé, en compagnie de mon collègue, le capitaine Arsène Le Treut. Une nouvelle expédition en ce lieu ne l'inspirait pas vraiment et il déclarait haut et fort, et à qui voulait l'entendre, qu'un bourg comme celui-là, où tous les cafés étaient désormais définitivement fermés, où l'on ne pouvait même plus boire un verre ou acheter un paquet de cigarettes, n'était qu'un désert culturel qui l'indisposait fortement, lui procurait comme un avant-goût de l'enfer et méritait d'être, à tout jamais, rayé de la carte.

On frappa deux coups pointus à la porte de mon bureau que l'on poussa sans attendre ma réponse. On ne m'avait même pas laissé le temps de lever la tête. C'était ma jeune collègue, la belle Joana Mélion. L'apparition matinale, le phénomène, au sens exact et premier du terme ! Je m'amusais de son nom de famille, « Violette » en breton, qui lui convenait à merveille. Elle était, en effet, une petite fleur des champs, fraîche et sauvage, et ne devait pas savoir qu'elle s'appelait ainsi, car je ne lui en avais jamais parlé. À dessein, car il y a tant de gens en Bretagne qui ignorent la signification du nom de famille qu'ils portent, et fort heureusement pour certaines d'entre eux ! Elle s'immobilisa contre le chambranle de ma porte, ses jambes interminables moulées dans un jean, un genou en avant, le ventre avançant un peu, le sourire aux lèvres, et ses longs cheveux bruns tombant dru sur ses épaules…

— Bonjour Guillaume. As-tu passé un bon week-end ?

— Pas grand-chose de passionnant. Jardinage, lecture, rangement paisible de ma maison, courrier très en retard, tri sévère dans mes paperasses et longue marche sportive sur les dunes de Cléder et de Sibiril avec mon petit chien Horace. Et toi ? Je suppose qu'avec Guy, vous avez encore passé votre temps à bricoler dans votre nouvelle maison de Plestin…

— Oui, on s'est mis à démolir et à découper des cloisons ! À la meuleuse ! Quel boulot et quelle galère ! De la brique plâtrière ! J'ai avalé de la poussière rouge pendant deux jours et, même après plusieurs douches, j'en ai encore un peu partout.

— J'irai vous donner un coup de main le week-end prochain ou le suivant. Je verrai…

— Tu seras de toute façon le bienvenu, il y a de quoi faire et tu ne seras pas de trop.

— Qu'est ce qui t'amène dans mon antre, de si bon matin ?

— Tu peux descendre ? J'ai, dans mon bureau, une jeune femme qui est venue nous raconter une bien étrange affaire, une histoire de disparition pas banale du tout ! Son petit ami a disparu au château du Taureau à Carantec !

— Il est tombé à l'eau ?

— C'est bien plus compliqué comme histoire. Il a pris le bateau pour visiter le château et n'est jamais revenu. Personne ne l'a revu depuis huit jours. C'est quand même bizarre, et c'est la seconde fois en une semaine que sa compagne vient le signaler au commissariat. Elle est déjà venue, il y a trois jours. Le collègue, à l'accueil, s'était contenté de rédiger une main courante. Tant de gens disparaissent, le temps d'une petite fugue, d'une bringue entre amis, d'une bouderie sentimentale, ou d'une escapade amoureuse, et réapparaissent comme par enchantement, la bouche en cœur, quelques jours après… Cette jeune femme est donc revenue nous voir et elle insiste. Viens, tu en sauras davantage et tu auras plus de détails en bas !

Je repliai mon journal, le claquai sur le bureau, me levai, certes un peu contrarié, et suivis Joana qui marchait devant moi dans le couloir, secouant ses longs cheveux, et qui ondulait, serrée dans son pantalon élastique qui soulignait une fossette profonde sous la fesse. Je réprimai une vague pensée coquine et me contentai d'un sourire amusé. Elle avait quand même, et très largement, l'âge d'être ma fille ! Une petite merveille à tous points de vue, tellement belle, vive et intelligente. Redoutablement clairvoyante et efficace dans son travail aussi. Et, en outre, ancienne championne d'Europe de boxe thaïe à laquelle il valait donc mieux ne pas se frotter… Elle s'effaça du buste pour me laisser entrer dans son bureau.

Joana me présenta alors une jeune femme, Marion Sénéchal, esthéticienne de son métier, qui tenait depuis deux ans un institut de beauté, "Destination Beauté", rue du Mur à Morlaix, presque à toucher la maison de la Reine Anne. Je lui donnai une petite trentaine d'années. Peut-être beaucoup moins. Il m'était difficile d'estimer son âge, car elle était outrageusement maquillée et pomponnée. Une véritable poupée Barbie. Elle avait dû s'asperger, ce matin-là, de la bonne moitié du flacon d'un parfum lourd et entêtant. J'étais bien évidemment incapable d'en identifier la marque. Vêtue d'un blouson de cuir incrusté de plaques métalliques brillantes, elle avait les cheveux longs et roses, tirés en arrière en queue-de-cheval, un rose bizarre et indéfinissable, tirant sur la couleur fuchsia, avec des nuances plus claires, d'autres plus sombres, et des dégradés, sans doute une création bien à elle et le résultat d'une mixture bien particulière. Elle avait des piercings dans les sourcils, dans les ailes du nez, un diamant aux deux coins de la bouche et, suspendues aux lobes de ses oreilles, d'énormes créoles. Des roues de bicyclette. Elle portait des chaussures montantes, imitation peau de léopard, grandes ouvertes, languette repliées et savamment laissées délacées. Derrière tous les artifices outranciers du visage, je remarquai sa carrure, les muscles de ses larges épaules qui saillaient et roulaient, tendant le cuir du blouson et je percevais une indéniable allure sportive. Seule la tête exagérément apprêtée était féminine. Le reste dégageait une impression de force et même de violence un peu sauvage. Je m'expliquais mal cette sorte de contradiction, ce désaccord intime entre cette tête de poupée peinte et ces allures de puissance qu'elle laissait paraître dans le moindre mouvement. Un indéfinissable mélange d'artifice féminin et de naturel plus viril et tout à fait sauvage qui m'étonnait. Toujours aux aguets et observateur, je me laissais aller à ces impressions assez contradictoires, les remettant à plus tard et au moment voulu.

Marion Sénéchal nous raconta l'histoire étrange et inquiétante de la disparition de son compagnon dont elle était sans nouvelles depuis déjà une semaine. Étudiant à la faculté des lettres de Brest, il se passionnait pour les révolutionnaires et les utopistes du XIXe siècle, comme Babeuf, Saint-Simon ou Fourier, et tout particulièrement pour le révolutionnaire Louis-Auguste Blanqui sur lequel il projetait la rédaction d'un mémoire de maîtrise, plus précisément sur un ouvrage, *L'Éternité par les astres,* que Blanqui avait écrit à l'été 1871, durant sa captivité au château de Taureau. Il parlait aussi sans cesse d'un souterrain par lequel Blanqui aurait eu le projet de s'évader et dont l'entrée devait, selon lui, se trouver quelque part dans une cave murée à la base de la Tour Française ou de la salle d'armes. Il espérait en trouver l'entrée et, pour la dégager et pénétrer dans le boyau, avait emporté dans son sac à dos un ciseau à froid, une massette et une courte barre de fer.

— J'avais beau lui dire qu'il n'y arriverait jamais, il y croyait malgré tout, s'entêtait et avait l'intention de dégager l'entrée du souterrain quand il l'aurait découvert.

— Un souterrain au château du Taureau, vous êtes sûre ?

— Il en parlait sans arrêt et il s'obstinait. Il n'avait plus que cela en tête, jour et nuit, Blanqui, son livre d'astronomie et surtout le souterrain. Il voulait en découvrir l'entrée, y descendre et le parcourir le plus loin possible, voire même jusqu'à la sortie. Il avait lu dans des livres et sur Internet que cette galerie partait du château du Taureau et aboutissait dans un vieux manoir quelque part dans la campagne de Plouézoc'h.

— J'ai déjà entendu parler d'un souterrain dans ce château, il y a bien longtemps, mais je crois bien qu'il n'existe pas et qu'il s'agit d'une légende, presque d'un canular. On parle d'un souterrain dans tous les châteaux du monde et c'est un lieu commun de l'imagination populaire. Passer d'un endroit à un autre, sans danger et sans être vu, quoi de plus magique ? Vous croyez, vous, qu'il aurait pu le trouver et s'y engager ?

— Je n'en sais rien. Comment le saurais-je ? Peut-être après tout… C'est possible… Je vous répète qu'il avait trouvé des documents et des indications dans de vieux bouquins et aussi sur Internet. Il avait tout le temps le nez fourré dans des plans du château et se passionnait vraiment pour l'existence de ce tunnel, sans doute même plus que pour Blanqui et son livre. Il m'assurait que Blanqui en connaissait l'existence, qu'il était sûr qu'il en avait découvert l'entrée durant ses six mois de captivité au château. Ou qu'il avait surpris une confidence à ce sujet, de ses gardiens peut-être, et projeté de l'emprunter pour s'évader.

— Votre compagnon y croyait donc vraiment ?

— Tout à fait. Il n'en démordait pas, je vous répète qu'il en parlait jour et nuit. Xavier était déjà allé à Carantec interroger là-dessus quantité de gens, des anciens stagiaires et des moniteurs de l'école de voile, d'anciens responsables aussi, et des vieux pêcheurs du coin. Mais la plupart ne croyaient pas en l'existence de ce souterrain, s'étaient moqués de lui, l'avaient traité comme un gamin, un illuminé, un intello un peu paumé et plusieurs d'entre eux l'avaient même carrément envoyé paître sans grand ménagement.

C'est pourquoi son compagnon, nous expliqua-t-elle, avait décidé de se laisser enfermer dans le château, de passer la nuit dans le cachot et sur la terrasse, et ainsi de se mettre exactement dans les conditions matérielles qu'avait vécues Blanqui et, comme lui, d'observer les astres durant la nuit, de la terrasse du château. Il était parti, le lundi après-midi, soit huit jours plus tôt, du Kelenn à Carantec par le Cormoran, la navette bleu marine qui conduit les touristes au château durant toute la saison estivale. Il avait pris le dernier bateau de la journée, celui qui devait revenir à dix-huit heures à Carantec et personne ne l'avait revu depuis. Marion Sénéchal qui devait le reprendre le lendemain, le mardi midi n'avait, assurait-elle, trouvé personne à l'arrivée du bateau au quai du Kelenn. Ni plus tard dans la journée. Elle avait, disait-elle, patienté sur la plage et guetté les arrivées successives du bateau. Aucune trace de son compagnon…

— Il avait donc vraiment décidé de se laisser enfermer à l'intérieur de château ? C'est tout de même une idée plutôt originale. Vous n'avez pas essayé de l'en dissuader ?

— Si, bien sûr, mais je n'avais aucune chance d'y parvenir. Il avait souvent des idées assez bizarres, et il aimait jouer les Robinson et se passionnait pour toutes les situations de survie. Il aimait rester seul et pouvait rester des journées entières sans voir personne. À lire et surtout à ne rien faire. Juste à méditer et à regarder droit devant lui. Il disait qu'il aurait même aimé être navigateur solitaire, même s'il n'avait pratiquement jamais mis le pied sur un bateau. Sauf à l'occasion d'un stage d'Optimist d'une semaine au pont de Corde, quand il était au cours moyen à l'école primaire de Penzé… Quant à le faire renoncer à son projet, ce n'était pas possible. Xavier était obstiné et même têtu comme une mule, quand il avait quelque chose en tête…

— Et là donc, il voulait passer la nuit à la belle étoile sur la terrasse du château du Taureau, dormir dans la cellule de Blanqui et franchir le chenal de Tréguier jusqu'à Plouézoc'h en empruntant un souterrain dont il devait auparavant découvrir l'entrée ?

— C'était bien son projet et son idée fixe. Il avait retenu sa place sur le bateau par téléphone et devait retirer son billet au Kelenn, une demi-heure avant l'heure du départ. Je l'avais moi-même déposé sur le parking et, en attendant l'heure, nous avions pris un café à la terrasse de la crêperie, juste en face de l'embarcadère. Oui, il voulait absolument revivre les conditions dans lesquelles Blanqui avait vécu, et ainsi mieux comprendre, expliquait-il, la genèse et la signification de son livre. Il attendait beaucoup de cette aventure. Il voulait aussi dormir une partie de la nuit dans la cellule du vieux révolutionnaire, y affronter comme lui l'inconfort, la solitude et l'humidité. Il y avait aussi ce souterrain qui était, je le répète, devenu pour lui une véritable obsession. Il en parlait depuis longtemps autour de lui et à tout le monde, et ce projet le passionnait et l'occupait entièrement. Il avait préparé tout un équipement, s'était habillé chaudement, avait emporté de quoi manger, de l'eau dans une gourde, des outils dans un sac à dos, et aussi une bouteille de vodka pour, disait-il, tenir la nuit et se conserver au chaud !

— Pourtant, Blanqui ne disposait pas d'une provision de vodka dans sa cellule ! On lui donnait plus certainement à boire l'eau pourrie de la citerne du château, pendant que ses trente gardiens disposaient, en vertu même du règlement, de copieuses rations de mauvais vin. Votre compagnon a-t-il l'habitude de boire de l'alcool ?

— Pas vraiment… Un peu parfois, en boîte de nuit où, cependant, il n'allait pas bien souvent car il n'aimait pas le bruit et avait horreur de la foule, ou en soirée avec des amis, mais ce n'était pas un buveur excessif, encore moins un buveur régulier.

Joana qui la regardait attentivement, coudes sur le bureau et la tête entre les mains, réagit vivement :

— C'est curieux, vous en parlez à l'imparfait, comme si, pour vous, il était déjà mort ou définitivement porté disparu ! Pourtant, comme nous-mêmes, vous n'en savez rien, puisque vous venez nous demander d'enquêter sur sa disparition et de vous aider à le retrouver. Officiellement, si je comprends bien, il a tout juste disparu, et nous pouvons encore le supposer en vie quelque part… Il nous reste quand même des chances de le retrouver vivant. Une simple fugue peut-être, car on fugue à tout âge, ce n'est pas seulement le privilège des adolescentes, un petit dégagement pour aller rendre visite à une autre que vous, par exemple… Le petit coup de grisou passager ou une quelconque lubie soudaine… Il ne serait ni le premier ni le dernier à le faire. Il n'est pas forcément resté passer la nuit au château ce soir-là. Il a pu renoncer à son projet et rentrer à Carantec par la dernière navette. Le lendemain, il a peut-être débarqué du bateau sans que vous vous en rendiez compte, ou même fait du bateau-stop pour quitter les lieux… Qui sait ?

J'observai la jeune femme qui me faisait face et ses cheveux roses tirés en arrière. Je perçus un petit mouvement de ses lèvres, une petite moue à peine perceptible, une infime morsure de la lèvre inférieure. Tout juste un remuement du minuscule diamant au coin de sa bouche. La remarque de Joana l'avait touchée, j'en étais tout à fait certain. J'étais désormais concentré et je maintenais mon attention en éveil. Joana poursuivait :

— La bouteille une fois bue, si du moins il l'a bue, il a pu perdre l'équilibre et chuter à la mer. De l'embarcadère qui doit être glissant, par exemple, ou de n'importe quel endroit de la fortification. C'est tout de même un endroit difficile, escarpé et dangereux, surtout si on se trouve dans l'obscurité. J'ai visité le château il y a deux ans, avec des amis. Il y a quantité d'escaliers et de passages étroits où il a pu trébucher.

— S'il avait eu un accident dans le château, on l'aurait retrouvé dès le lendemain…

— A-t-il des tendances suicidaires ?

— Je ne le pense pas. Je ne l'ai jamais remarqué, ni même envisagé quelque chose de pareil. Et personne ne m'en a jamais rien dit… Il a pourtant quantité de copains qui le connaissent depuis toujours.

— Possède-t-il un téléphone portable ?

— Oui, mais il ne répond pas. Je l'ai appelé mille fois. Rien, personne au bout, pas même de répondeur. Il a dû le couper ou alors sa batterie est complètement à plat. Il oubliait souvent de la recharger. Je pense surtout qu'il n'a pas voulu l'emmener avec lui. Le téléphone portable n'était pas son truc. Il ne savait jamais dans quelle poche il était ou dans quel endroit il avait pu le laisser. Dans la voiture parfois, ou quelque part dans le jardin, oublié n'importe où, parfois même sous la pluie. Il n'avait surtout pas envie d'être joignable. Je vous répète qu'il voulait jouer les Robinson. Pourtant, je n'ai pas trouvé son téléphone dans ses affaires à l'appartement. Or, il le posait habituellement sur le buffet de la cuisine. Après tout, il l'a peut-être oublié ou rangé ailleurs. Ou alors, il l'a perdu…

— Quel opérateur téléphonique a-t-il ?

— “Orange”, je crois, mais je n'en suis pas tout à fait sûre, car il n'en parlait que très rarement, et même presque jamais… Le téléphone, je vous le répète, ne l'intéressait vraiment pas. Pas du tout même, et il se moquait franchement des gens qui passent leur journée à surveiller, à caresser et à mignoter cette misérable petite chose ! Il disait, en rigolant, que ces personnes-là ont l'air de tenir et de protéger, à longueur de journée, un petit oiseau dans la paume de leur main ou alors de compter fébrilement leur dernière menue monnaie…

— Bien observé et même assez poétique ! Ils sont un peu comme ça, en effet, les forcenés du téléphone portable ! Et c'est ainsi que je les vois, moi aussi. Nous allons donc vérifier auprès de son opérateur et procéder, de ce côté, à toutes les recherches nécessaires. Nous allons aussitôt en faire la demande officielle.

Je fis un signe de la tête à Joana qui griffonna quelques mots sur son bloc-notes. Nous allions donc devoir faire une demande d'intervention auprès de cet opérateur et essayer de localiser le téléphone.

Mais si le téléphone était tombé à la mer et donc noyé, avec ou sans son propriétaire, nous ne pourrions pas en obtenir grand-chose.

— Avait-il l'habitude de disparaître ainsi et de ne pas donner de ses nouvelles ?

— Non, pas du tout. Il était d'une ponctualité rigoureuse, même maniaque, presque du genre militaire, et exigeant sur les horaires, parfois même pénible pour son entourage. Je ne sais d'ailleurs pas d'où il tenait ça…

— Connaissait-il déjà le château du Taureau, y était-il déjà allé ?

— Oui, il l'avait déjà visité à plusieurs reprises. Nous y sommes même allés ensemble l'été dernier. Je crois qu'il prenait déjà ses repères et qu'il avait déjà son projet bien en tête. Il étudiait quantité de plans qu'il avait récupérés auprès des archives départementales et, souvent, n'en dormait pas de la nuit. Il était, je vous le répète, à la recherche de ce fameux souterrain dont il parlait sans cesse et qui lui encombrait la tête.

— Votre ami est majeur, n'est pas recherché pour un quelconque méfait, nous n'avons donc, pour l'instant, aucune raison officielle d'intervenir. Néanmoins, nous allons lancer une première recherche pour disparition inquiétante et procéder à toutes les vérifications nécessaires. Possède-t-il une voiture ?

— Non, il se sert de ma voiture quand il en a besoin, ce qui est assez rare finalement. Il n'aime pas conduire et compte sur moi pour tous ses déplacements. La voiture lui fait peur. Il a seulement un vieux scooter, mais il est presque toujours en panne et à l'abandon dans mon garage. Il a aussi un vélo, mais les pneus sont crevés et il ne fait rien pour essayer de les réparer. Il faut dire qu'il n'est pas très bricoleur.

— Une carte bancaire ?

— Oui, au Crédit Mutuel Agricole, mais il l'a laissée à la maison, je l'ai vue sur la table du salon. Comme son téléphone, il la laissait traîner partout, il l'égarait sans cesse, ne savait jamais où elle était, dans quelle poche ou sur quel meuble, et je n'arrêtais pas de lui dire qu'il finirait par avoir de gros ennuis si elle venait à tomber entre des mains indélicates…

— Nous allons aussi vérifier de ce côté. Vous vivez ensemble depuis longtemps ?

— Pas vraiment. Depuis deux ans quand même…

— Et auparavant ?

— Xavier avait loué une chambre à Brest, tout à côté de la faculté Victor Ségalen, au-dessus d'un bar à étudiants, le “Tom Pouce”.

— Et vous ?

— J'ai vécu quelque temps avec un autre copain, à Saint-Martin, nous avions loué un appartement place de la Mairie. Mais nous avons rompu assez vite. Il ne voulait pas travailler et avait décidé de vivre à mes crochets. J'ai dû casser son joli plan si tranquille et si bien organisé, et je l'ai jeté à la rue. Avant cela, pendant ma formation d'esthéticienne et mes différents stages, j'habitais chez mes parents à Plouigneau. Mais j'en avais marre de la situation, et eux, c'est sûr, bien davantage encore…

— Votre compagnon a-t-il de la famille proche ?

— Non, plus depuis longtemps. Sa mère est morte assez jeune, vers trente ans je crois, des suites d'une leucémie foudroyante, et il n'a jamais connu son père, un couvreur, qui s'est tué en dégringolant d'un toit, l'année même de la naissance de son fils. Il a été élevé jusqu'à ses seize ans par une vieille tante, sa tata Eugénie, une sœur de son père, une vieille bigote, une véritable grenouille de bénitier, mais aimante et généreuse, qui est morte aussi depuis longtemps. Il a passé la plus grande partie de sa jeunesse dans différents internats où il s'ennuyait ferme et travaillait très peu. Tout juste le minimum. À part lire tout ce qui lui tombait sous la main, il n'aimait rien à l'école. Il n'aime pas du tout parler de son enfance ni de sa jeunesse. Trop d'abandons, de souffrances et de mauvais souvenirs. Il lui restait seulement un vieil oncle célibataire, qui cultivait des choux, des artichauts et élevait des porcs dans la campagne léonarde, à Plouvorn, quelque part du côté de la chapelle de Lambader. Il le voyait rarement, et même le moins possible, le considérant comme un vieux grigou, pourtant pourri de fric, mais toujours mal luné, puant fort le lisier et définitivement infréquentable. Mais cet oncle aussi est mort il y a presque trois ans. Il n'a donc plus personne, à part moi, bien sûr…

— Il a hérité de cet oncle ?

— Oui, il n'avait pas d'autre héritier que Xavier.

— Un héritage important ?

— Pas vraiment, l'oncle n'avait pas d'héritier direct et donc l'État s'est servi largement. La part du lion, comme dans la fable de La Fontaine.

— Évidemment…

— Vous l'aimez ?

Joana avait l'habitude de poser ces questions faussement naïves, mais directes, soudaines et brutales, faites pour déstabiliser et tester ses interlocuteurs. Marion Sénéchal marqua un léger temps d'arrêt.

— Évidemment, quelle question ! Sans quoi, pourquoi se décider à vivre ensemble ?

Joana fit une moue étrange, avançant les lèvres, poussant le menton en avant et remontant haut les sourcils. C'était, chez elle, l'expression même du doute absolu. Elle avait de la vie, particulièrement de la vie des couples, une philosophie étrange et sévère, qui n'appartenait qu'à elle. C'était, affirmait-elle, le royaume des truqueurs et donc, nécessairement, des personnes flouées et laissées pour compte, le grand manège de la triche et de l'illusion. Un véritable jeu de rôles et de dupes. J'avais avec elle, sur ce sujet précis du mariage, et plus généralement sur les rapports entre les hommes et les femmes, des discussions fréquentes, animées et plutôt rugueuses. Nous prîmes ensuite tous les renseignements possibles sur le jeune homme. Sa taille, la couleur de ses cheveux, sa corpulence. Un grand maigre, châtain, portant une petite barbiche au menton et des petites lunettes rondes d'intellectuel. Pas du tout le genre sportif. Nous avions demandé à Marion Sénéchal de nous fournir une photo récente et de nous donner le maximum possible de détails. Son signalement, son allure, la manière dont il était vêtu. Elle nous en fit une description assez précise. Il portait une parka verte pour avoir chaud durant la nuit, un jean délavé, râpé et même percé aux genoux et aux fesses, et, au-dessous, un tee-shirt “À l'aise Breiz”, avec imprimée sur le dos une Bigoudène en haute coiffe, circulant à bicyclette, tête dans le guidon et les jupes relevées au vent. Il avait aux pieds, des chaussures-bateau bleu marine sur les côtés et rouges sur le dessus, de vieilles chaussures, racornies et usées, avec des lacets en cuir qu'il ne nouait jamais et qui traînaient à terre. Il les portait toujours nu-pieds. La marque était le nom d'un navigateur célèbre, mais Marion avait oublié lequel. Quelqu'un qui avait gagné elle ne savait plus quelle course océanique, mais c'était déjà il y a plusieurs années. De l'histoire ancienne. Elle énuméra plusieurs noms mais n'arriva pas à retrouver celui qu'elle cherchait. Un marin qui avait disparu en mer, croyait-elle. J'imagine qu'il s'agissait probablement d'Alain Colas. Je remarquai néanmoins qu'elle connaissait plutôt bien le monde de la mer, du moins le petit monde des courses océaniques. Avec un petit accent de passion. Et que la jeune femme s'était un peu animée en parlant de marins et de courses au large. Joana notait tout sur son bloc-notes. Je n'arrivais pas encore à me faire une idée claire sur cette affaire. Certes, tant de gens disparaissent sans laisser la moindre trace. On compte même en France, chaque année, des milliers de disparitions, volontaires ou non. Souvent des gens qui veulent tout abandonner, changer de vie et s'en aller la refaire ailleurs, une vie différente, espérée meilleure ou mieux accompagnée. Mais là, les circonstances et le lieu, ce château chargé d'histoire, de la disparition du jeune étudiant me semblaient bien étranges. Je décidai de prendre cette affaire en main. Le cadre où l'enquête allait se dérouler n'était pas étranger à ma décision. Cette baie de Morlaix et son chapelet d'îlots qui étaient depuis toujours mon horizon familier et, à la belle saison, pour ainsi dire, mon terrain de jeu préféré. Le château du Taureau à visiter une nouvelle fois, un souterrain à découvrir, un disparu à retrouver… J'étais alléché, j'avais l'impression de m'apprêter à lire un roman ou à regarder un film d'aventures. Je partais moi-même à l'aventure, je redevenais Tintin. C'était comme relire *l'île Noire* ou *Le Club des cinq*. Je retombais en toute première et batailleuse adolescence…

III

Nous devions, au commissariat de Morlaix, répartir les rôles avec précision et tout à fait à l'économie, car nos effectifs étaient de plus en plus réduits. Une véritable peau de chagrin. On parlait même de fermer définitivement le commissariat de la place des Halles, cette vieille bâtisse chargée d'histoire et une page de celle de Morlaix allait se tourner. On redéployait, en effet, les effectifs dans la police nationale et la gendarmerie. Le gouvernement procédait depuis quelque mois à une nouvelle répartition sur le terrain, entre les deux services, dans le cadre de la réorganisation des zones police et gendarmerie dans le Finistère, qui impliquerait le transfert de la circonscription de sécurité publique de Morlaix en zone de gendarmerie. En réalité, il fallait bien supprimer certains doublons, d'évidentes incohérences sur le terrain et même parfois des incompatibilités et des occasions de rivalités et de concurrences inutiles entre les différents services. Il s'agissait surtout de faire des économies, ce qui, de la part de l'État, était normal et honorable en soi. Madame le maire de Morlaix ainsi que le député de la circonscription et la grande majorité des élus locaux plaidaient fermement pour le maintien du commissariat dans la ville et nous étions tous suspendus à la décision finale du Ministère de l'Intérieur. Dans la pratique des choses, si, comme annoncé et très largement probable, le commissariat fermait ses portes, qu'allions-nous devenir ? Je m'inquiétais surtout pour ma petite équipe, pas vraiment pour moi-même. Arsène allait prendre sa retraite, se retirer dans sa campagne de Plougonven, s'inscrire au club de pétanque et s'occuper du club de football local, le "Jeunesse Unie". Il y était déjà bénévole depuis des années et, avec quelques acolytes, tenait vaillamment la buvette du stade, les dimanches de match à domicile. Les jeunes mariés, Joana et Guy, seraient très probablement mutés à Lannion et à Guingamp, ce qui ne les contrariait pas trop, car ils venaient d'acheter une maison à Toul an Herry, sur les grèves de Plestin. J'aimais beaucoup ce petit port, à l'embouchure du Douron, et j'avais promis de les aider à casser des cloisons, à en remonter de nouvelles, à aménager leur jardin totalement en friche et à créer un petit coin de potager. Ils seraient donc à distance raisonnable de leur travail et je ne m'inquiétais pas pour eux. Ils étaient jeunes, ils s'aimaient et avaient donc tout l'avenir devant eux. Moi-même, à quelques années de la retraite, trois ou quatre environ, j'avais le choix d'arrêter le métier, de me mettre en vacances définitives ou de continuer encore, un peu comme un électron libre, et de me laisser rattacher, pour mes dernières années, et un peu à la demande, à d'autres commissariats, Lannion, Quimper ou Brest par exemple. Des enquêtes en franc-tireur en quelque sorte, une sorte de renfort intermittent. Je dois dire que ce projet me séduisait assez, car il me permettrait de fréquenter d'autres lieux, de vivre d'autres expériences et de côtoyer de nouveaux collègues. Des vacances de fin de carrière en quelque sorte, une sorte de retraite anticipée. Je n'avais pas encore arrêté ma décision, j'en avais encore le temps, et j'étais sans inquiétude véritable de l'avenir. L'essentiel était fait et je n'étais pas mécontent de la tournure des choses. Je dois dire que mon seul problème était de trouver comment, avec tous ces bouleversements qui allaient survenir, j'allais pouvoir organiser au mieux la vie d'Horace, mon petit yorkshire, et trouver à qui le confier certains jours. J'avais déjà mis des annonces dans les journaux locaux pour essayer de dénicher la perle rare, la nounou idéale. Mais ce n'était pas si simple. À qui faire confiance ? J'étais terriblement méfiant et circonspect. Je vivais donc, tout banalement, les affres ordinaires des jeunes parents à la recherche de la gardienne idéale pour leur enfant. Rien de plus. On me proposait aussi de prendre, pour quelques années, la direction d'un commissariat je ne sais où, avec un avancement administratif au grade de commissaire, grade que j'avais toujours refusé jusque-là, pour ne pas rester enfermé dans un bureau, passer mes journées à gérer l'éternelle pénurie de moyens et de personnels, à supporter les exigences contradictoires du petit personnel politique, à taper, à la chaîne et au kilomètre, des rapports que presque personne ne lirait jamais, et finalement à remuer des tonnes de paperasses, toutes à peu près inutiles. Je voulais être dehors, être libre à l'air libre.

*

Ce matin-là, nous étions, sur la petite place devant l'église de Locquénolé, au pied de l'arbre de la Liberté, le chêne trois fois séculaire qui date de la Révolution Française et que l'on soigne à grands frais depuis de longues années comme un grand malade et, pour ainsi dire, le véritable doyen de la commune. J'admirais sa haute ramure, les chancres épais qui bosselaient le tronc, ses nombreuses cicatrices. J'imaginais l'histoire de cet arbre. Il était le dernier arbre de la Liberté encore debout dans le Finistère et peut-être dans toute la France. Il avait dû être le témoin de tant d'événements, heureux ou malheureux. Un véritable monument historique. Une voiture arriva, descendant de la colline du Butou, bringuebalant et ferraillant, une vieille Fiat cabossée de tous côtés, dont la peinture rouge délavée et lépreuse s'écaillait largement et s'en allait par plaques. Le conducteur freina brusquement devant nous, bloquant les roues de son tacot qui dérapa sur les gravillons.

— Salut Lucien ! Je t'ai bien reconnu de loin dans ta Ferrari dernier modèle ! Une paye qu'on ne s'est vus !

— Salut Arsène ! Je suis bien content de te voir. Tu n'as guère changé, toujours aussi bien nourri et florissant, à ce que je vois ! Qu'est-ce que tu deviens ? Tu es encore flic, ça, je le sais, mais je croyais que tu étais toujours en poste à Brest.

— Guillaume, je te présente Lucien Le Ven, un vieux copain à moi. On était ensemble à l'école primaire du Poan-Benn à Morlaix, puis au collège du Château et nous avons joué au foot ensemble à Plougonven. Lucien, voici mon chef bien-aimé, le commandant Guillaume Le Fur, un Léonard pur jus, le Zorro et le Colombo de la baie de Morlaix. Rien ni personne ne lui résiste. La terreur des délinquants de tout poil et le chouchou de ces dames…

Lucien Le Ven était un petit homme rondouillard, au teint rougeaud et échauffé, vêtu de la tenue de pêcheur amateur désormais ordinaire et classique, un véritable uniforme, bottes bleues à deux bandes blanches, pull de laine bleu marine à renforts de tissu aux coudes et aux épaules, modèle imitation Marine Nationale, pantalon rose délavé et constellé de taches de peinture de toutes couleurs. Ses cheveux poivre et sel débordaient d'une casquette avachie du même rose, aussi passé, que le pantalon.

— Je suis revenu à Morlaix depuis deux ans, à ma demande, et j'y attends tranquillement la retraite. Sans trop m'énerver, je joue la montre, je prends mon temps et je fais juste ce qu'il faut pour tenir la distance…

— Moi, ma retraite, je l'ai prise l'an dernier. J'ai fini ma carrière comme manutentionnaire à la gare de Morlaix. Les toutes dernières années, je les ai trouvées plutôt longues à tirer, mais c'est gagné, j'y suis enfin arrivé !

— Gros veinard ! Que fais-tu maintenant de ton temps ? Tu ne t'emmerdes pas trop ?

— Pas une seconde. J'ai largement de quoi m'occuper, mon jardin, ses fleurs et ses légumes, la pêche en mer, la pêche à pied, le club de pétanque, l'association des retraités, le jeu de cartes et de dominos tous les jeudis à la salle communale, et le goûter ensuite, café-crêpes pour les femmes et un bon coup de pinard pour les hommes. C'est plein de copains, sans compter quelques bonnes copines pas trop coincées du genou… Il y a le foot aussi. Avec Gérard Tous, un vieux pote, un gendarme à la retraite, je ne rate aucun des matchs de Guingamp au stade du Roudourou. En septembre prochain, le club du troisième âge organise un voyage aux Baléares. On va bien se poiler au grand soleil de la Méditerranée. La plage, les excursions, le buffet du restaurant, l'apéro midi et soir, le petit coup de guinche avec ces dames, le soir venu, puis enfin au lit. Et rebelote le lendemain ! Tu vois, il y a de quoi faire, et quand tu me parles de m'emmerder… Mais, dis-moi quand même ce que tu viens faire sur mon territoire de chasse…

Heureux de se retrouver, les deux compères se lancèrent à corps perdu dans l'évocation de leurs souvenirs communs. Ces deux-là semblaient en effet se connaître de longue date et heureux de se retrouver. Je crus comprendre qu'ils avaient été au lycée dans les mêmes classes et avaient joué au football dans le même club, au temps de leur jeunesse. Ils ne s'étaient sûrement pas connus à la messe à Saint-Melaine ou à Saint-Mathieu, les magnifiques églises de Morlaix. Ils avaient dû fréquenter ensemble bien des chapelles où l'on buvait autre chose que du vin de messe, n'étant pas des enfants de chœur. Je préférai les laisser tranquilles, en tête à tête, et tout au plaisir de leurs retrouvailles. Je m'éloignai de quelques pas et entrai sous le porche de l'église. Dédiée à Saint-Guénolé le fondateur de la paroisse, classée monument historique, elle est l'une des églises les plus anciennes de Bretagne On y effectuait depuis de mois des travaux de consolidation et de réfection. J'en fis le tour, descendis jusqu'à la fontaine Saint-Guénolé puis je rejoignis Arsène et son camarade. Le prénommé Lucien semblait lancé, impossible de l'arrêter, un torrent de montagne à la fonte des neiges ou le violent courant au grand chenal du Taureau, un jour de marée d'équinoxe. Il avait trouvé un public et en profitait.

— Ainsi, vous enquêtez sur les circonstances de la mort de Germaine Nuz, cette vieille guenon lubrique ! Alors là, ne cherchez pas davantage, mes petits gars ! Quelqu'un, ce soir-là, a profité de l'obscurité pour la pousser à l'eau ; on dit même qu'un gosse a vu la scène, quelque part devant la crêperie du Bruly. Croyez-moi, ça devait arriver depuis si longtemps ! Tout le monde, à Locquénolé et donc n'importe qui, même toi ou moi, aurait pu et même souhaité le faire. Ce n'est même pas la peine de poursuivre ton enquête, Arsène, toute la commune est possiblement coupable et on pourrait conduire tout le monde en prison. On a tous ici été plus ou moins emmerdés et même agressés par cette bonne femme, la Nuz, c'est ainsi qu'on la désigne ici en rigolant, et on est tous des criminels en puissance. Quelqu'un – enfin ! – est passé à l'acte, s'est dévoué pour les autres et donc pour l'ensemble de la collectivité. Un héros, un authentique héros, celui-là ! Je ne sais pas qui c'est, mais, tiens, Arsène, je lui tire ma casquette ! Une horreur, cette garce-là, tu ne peux pas savoir ! Il n'y a pas de mots assez forts pour la qualifier. Ce n'était pas un personnage ordinaire, c'était un monstre, un vrai. Pendant la dernière guerre, elle aurait sûrement dénoncé ses voisins, mais aussi père, mère et mari à la Gestapo. Et même ses propres enfants ! Elle aurait, j'en suis sûr, inventé des histoires tordues et dégueulasses pour les accuser de quelque chose et les faire fusiller ou déporter ! Elle n'a jamais eu honte de rien, elle a laissé mourir ses vieux parents de solitude et de misère, refusant même d'en entendre parler, ne leur rendant jamais visite et ne demandant jamais de leurs nouvelles. Son pauvre mari, Manu, a bien fait de se taper une bonne crise cardiaque ! Quelle chance il a eue ! Si j'ose dire, il a sauvé sa peau ! Pour lui, l'enfer était sur terre, dans sa propre maison et depuis au moins quarante ans. Vous imaginez, quarante années dans la même maison, à table matin, midi et soir, et surtout au lit, toutes ces nuits, flanqué de la présence et de l'odeur d'une horreur pareille ? Le calvaire absolu ! Enfin la délivrance, seul, définitivement tranquille, débarrassé à tout jamais de son sac d'os et de sa poche de pus ! Il aurait dû lui tordre le cou depuis longtemps ou lui mettre une bonne pincée de mort-aux-rats dans sa soupe, puis l'enterrer profond dans le jardin, sous la planche de radis, comme un clébard malade ou un matou écrasé par une bagnole ! Un chic type pourtant, ce Manu, un brave mec, il faut le dire, plombier de son métier, compétent et travailleur, vraiment un bon garçon ! Certes, comme tout le monde, il aimait boire son petit verre, mais, c'est sûr, il fallait bien qu'il trouve quelque part le courage de supporter sa vieille harpie ! On a l'anesthésie et la consolation qu'on peut se donner dans la vie, et il devait en avoir sacrément besoin, le pauvre gars ! Il organisait sa survie à sa pauvre manière.

— Tu y vas trop fort, Lucien, quel portrait tu fais de cette femme ! On ne t'arrête plus ! J'ai vraiment du mal à te croire. Tu n'exagères quand même pas un peu ?

— Ah non, mon vieux, pas du tout, alors là, pas du tout ! Il peut m'arriver d'en dire trop et de forcer le trait, comme tout le monde, surtout certains soirs, au comptoir chez Mimi, après quelques tournées de petit blanc, mais pas cette fois-là ! C'est encore pire que ce que tu peux imaginer et je t'assure que je n'en dis vraiment pas assez. D'ailleurs, tu ne me croirais pas ! C'était la salope intégrale, le vice personnifié, la boule puante, le seau de purin, la vipère faite femme ! Comment peuvent se concentrer tant de méchanceté et de bêtise en une seule personne ? C'est à peine imaginable ! Et complètement obsédée sexuelle avec ça ! Elle voyait du cul partout, peut-être parce qu'elle en avait manqué car elle n'avait sûrement pas dû inspirer beaucoup d'hommes et qu'elle n'attirait pas beaucoup l'amour, ce vieux fagot, cette vieille figue, à la tronche plate et desséchée. On dit aussi que, quand elle ne traînait pas dehors à dire du mal des gens, elle passait son temps à regarder des vidéos pornos sur Internet. Finalement une malade. Sans doute une malheureuse quelque part aussi. Elle aurait dû depuis longtemps se soigner et consulter un psychiatre. Je n'ai pas le temps, ce matin, de tout te raconter, il me faudrait des heures et même des journées ! Je suis sûr que tu tomberais raide-mort sur le cul ! Mais bon, il faut quand même que j'y aille ! La marée n'attend pas, elle descend vite ce matin, on a un gros coefficient, et je risque de rester planté dans la vase si je ne me grouille pas un peu ! Passe me voir quand tu veux, Arsène, j'habite là-haut, sur la colline, après Cobalan, près du phare de la Lande, juste au-dessus de la baie. Tout le monde me connaît, tu verras que tu n'auras aucun mal à trouver la maison. On se boira un canon, et je serais tellement curieux d'apprendre qui a poussé cette vieille garce à l'eau ! Si, d'ici là, vous trouvez le coupable, félicitez-le, embrassez-le comme du bon pain, serrez-le fort dans vos bras, offrez-lui l'apéro de ma part et invitez-le dans le meilleur restaurant que vous connaissez, même le plus cher et le plus luxe de la région ! Je vous rembourserai l'addition sur ma modeste retraite. Promis, juré, craché ! Vous devriez même ne pas l'inquiéter, ce brave homme, et le laisser tout à fait tranquille, car c'est un bienfaiteur de l'Humanité ! On devrait même le décorer de la Légion d'Honneur. Homme ou femme, je ne sais pas, peu importe, c'est notre sauveur. Il nous a délivrés. De toute façon tout le monde avait envie de supprimer la vieille Nuz, moi le premier, et je ne sais pas vraiment ce qui m'a retenu, certains jours. Peut-être tout simplement la peur et le dégoût de me salir les mains.

Et Lucien Le Ven souleva un bref instant sa casquette rose et délavée, la reposa sur sa tête, claqua la portière de sa guimbarde lépreuse et à bout de souffle, qui descendit vers le port en cahotant, au bruit d'un pot d'échappement en fin de vie, mal arrimé à l'aide d'un bout de fil électrique, qui dégageait une épaisse fumée noire et rêvait d'une indépendance bien méritée. Nous avions ainsi passé la semaine, sans rien trouver d'autre qu'une quantité de témoignages tous rigoureusement identiques. Partout le même son de cloche ! On nous avait fait un joli portrait de femme ! Très complet, plus vrai que nature sans doute, et digne de n'importe quel roman réaliste ! Mais cette enquête ne m'inspirait pas et même m'ennuyait. J'avais hâte de m'en débarrasser au plus vite, de passer à quelque chose de plus passionnant que les ragots de Locquénolé, et l'évocation, même pittoresque, un peu amusante, mais terriblement glauque de cette vieille mégère ! Mais il était tout de même trop tôt pour espérer classer l'affaire, m'en débarrasser et enterrer le dossier dans un carton promis à l'oubli au fond d'une quelconque armoire.

Avec l'accord de notre patronne, Évelyne Lemétayer, nous avions décidé de nous répartir le travail. Arsène continuerait à enquêter sur l'affaire de la noyée de Locquénolé. Guy Millau, qui n'aimait guère quitter son bureau, lui prêterait main-forte si nécessaire, ce qui le changerait de ses enquêtes financières et de ses interminables stations devant son ordinateur. Il fallait en finir avec cette affaire de noyade, accidentelle ou pas, l'élucider ou la classer définitivement. On allait donc laisser Arsène s'en occuper. Joana et moi, allions, de notre côté, prendre en main l'affaire de la disparition inquiétante et inexplicable de ce jeune homme au château du Taureau.

IV

Ainsi l'enquête sur cette disparition allait occuper tout mon temps et j'avais décidé de reprendre toute l'affaire depuis le début.

Le disparu était donc un étudiant en lettres de vingt-deux ans, passionné par le personnage d'Auguste Blanqui et par le livre que ce dernier avait écrit au château du Taureau, un livre d'astrologie sur lequel le jeune étudiant avait le projet de rédiger un mémoire de maîtrise. Par l'existence d'un souterrain au château du Taureau également. J'opérai quelques vérifications de routine auprès du secrétariat de l'Université de Bretagne Occidentale à Brest. Par chance, j'avais réussi à joindre son directeur de mémoire, le professeur de littérature, Gérard Colliou, qui m'avait indiqué qu'il n'approuvait pas le choix de son étudiant, mais que celui-ci était tellement passionné par son sujet qu'il avait fini par céder, le laisser libre de faire ce qu'il voulait à partir de l'ouvrage de Blanqui. Il m'avait précisé que Xavier Delarue, certes, s'enflammait pour son sujet, mais n'avait pas encore bien avancé le travail et qu'il n'en était qu'au stade du travail préparatoire et des lectures nécessaires pour appréhender correctement son projet. Il lui restait tout à faire et, semblait-il, travaillait fort peu et lentement. Un étudiant plutôt velléitaire, fantaisiste et pas très brillant, avais-je finalement retenu de notre entretien.

J'avais appelé Jean-Marie Kerguidu, mon professeur de français autrefois au lycée de Morlaix, qui coulait une retraite paisible et studieuse au port de Carantec, traquant la moussette et le homard, grattant la palourde, promenant Pablo, son grand chien noir le long des grèves, aux toutes premières heures du jour. Il devait certainement avoir lu et bien connaître ce livre de Blanqui. Peu de livres lui échappaient, et je le savais toujours aussi actif et affûté malgré son âge avancé. Il m'avait aussitôt invité à lui rendre visite. Je le trouvai, ce matin-là, à la barrière de son jardin en discussion très animée avec l'un de ses voisins, sans doute retraité comme lui. Ce voisin se plaignait et s'emportait contre la municipalité de Carantec dont les services procédaient depuis plusieurs semaines à une refonte totale de l'emplacement des corps-morts sur les grèves de la commune. Ce voisin n'avait pas obtenu, semblait-il, l'emplacement qu'il escomptait, criait à l'incompétence, au copinage et à la magouille. Jean-Marie, calmement, posément, en vieux sage et vieux renard, s'efforçait de le raisonner, lui démontrant que ce nouvel emplacement et l'ancien n'étaient pas bien éloignés l'un de l'autre, que l'affaire était plutôt indifférente, qu'il fallait savoir relativiser, qu'il y avait des choses bien plus importantes dans la vie et des motifs plus importants de protestation. Le voisin, peu convaincu, s'éloigna en grognant, marmottant je ne sais quelles vagues menaces en rapport avec de futures et lointaines élections municipales.

Je racontai à Jean-Marie, par le menu, l'histoire de cet étudiant, Xavier Delarue, qui avait voulu passer la nuit au château du Taureau, sur les traces de Blanqui et à la recherche d'un supposé souterrain, et qui avait disparu depuis plus d'une semaine. Sur ce sujet, comme sur la plupart des sujets, mon vieux professeur était intarissable et, bon élève, je le laissai faire son exposé.

— Quelle drôle d'idée ! Ton étudiant est aussi illuminé et aussi fou que son modèle, Blanqui, un personnage célèbre et plutôt haut en couleur qui a une rue à son nom à Paris, dans je ne sais plus quel arrondissement. Il y a aussi des établissements scolaires qui portent son nom. Une légende vivante à son époque et un personnage historique étonnant. Une personnalité très particulière et discutable cependant. Sacré Louis-Auguste, quelle figure ! C'est à lui que l'on doit la fameuse formule « Ni Dieu ni maître. » Fils d'un professeur de philosophie, Blanqui est devenu, au fil des années, une sorte de révolutionnaire professionnel, qui a passé à peu près quarante années de sa vie en prison, soit plus des trois quarts de son existence, et que l'on avait surnommé "l'Enfermé". C'est dire ! Il s'était, à mon avis, forgé un personnage un peu théâtral et romanesque de farouche défenseur du peuple en même temps que d'éternel persécuté. On dirait aujourd'hui un personnage médiatique doublé d'un extrémiste. Une sorte de Christ moderne, un peu poseur. Tu te souviens peut-être du roman de Jules Vallès, *L'insurgé* ? Je vous en avais parlé au lycée, en classe de première. Le modèle du personnage central de ce roman, Jacques Vingtras, n'est autre que Blanqui. Je crois qu'il a séjourné dans toutes les forteresses et dans toutes les grandes prisons françaises. C'est ainsi qu'il a passé six mois au château du Taureau, en 1871, juste à la veille du début de la Commune de Paris, enfermé sur l'ordre d'Adolphe Thiers, alors Président de la République, qui craignait son influence sur le mouvement social de l'époque. Il aurait été le chef naturel et indiscuté de la Commune et certains historiens estiment que les événements auraient tourné autrement s'il avait été présent à Paris pour diriger et galvaniser l'insurrection du peuple de Paris. Je vais vérifier les dates exactes de sa détention au Taureau, mais pour la durée, six mois, je suis certain. Il avait environ soixante-cinq ans, peut-être un peu plus. Un séjour dans des conditions épouvantables, le froid, l'humidité, une cellule sans le moindre chauffage, le vent et les courants d'air, le fracas incessant de la mer sur le rocher du Taureau qui l'empêchait de dormir, le bruit permanent de verrous et des chaînes, les cris des soldats de la garnison et des nombreux enfants de la cantinière, la mise à l'isolement perpétuel et surtout les brimades d'une absolue cruauté que ses geôliers lui faisaient subir. Il fallait à tout prix humilier et faire plier ce vieux lion à la crinière blanche, qui défiait les autorités politiques de tous les régimes depuis si longtemps et que l'on disait inébranlable, qu'aucune prison, qu'aucune injustice et qu'aucun mauvais traitement n'avaient jusque-là fait fléchir. Au Taureau, il vivait dans un immonde cachot sans fenêtre, appelé « salle de discipline » au premier étage de l'unique tour du château appelée Tour Française. Juste à côté du mécanisme du pont-levis. Une cellule voûtée, avec une fenêtre protégée par une grille en vieux fer forgé et fermée par un volet sans vitre, qui donnait peu de lumière. Les murs recouverts de salpêtre, suintaient d'humidité. Il n'y avait presque pas d'air et l'odeur était fétide. Le commandant du château, un certain… j'ai même oublié son nom, un abruti et un incompétent notoire, ne manquait pas une occasion de le faire souffrir, moralement et physiquement, et par tous les moyens. La solitude, les injures et les moqueries continuelles, la soupe claire et le quignon de pain noir rassis, souvent même tout bleu de moisissure, et le broc d'eau de la citerne, saumâtre et pourrie. La tinette, dans un coin du cachot, rarement vidée exhalait une odeur infecte. Une vraie pestilence. On lui accordait, par jour, deux promenades réglementaires de dix minutes sur la terrasse du château, matin et soir, mais il n'était pas autorisé à regarder la mer au-delà du parapet et devait garder les yeux à terre, fixés sur la paille qui débordait de ses sabots, ou levés au ciel en direction des nuages ou des étoiles. Ses gardiens le harcelaient sans cesse, l'empêchaient de s'approcher du parapet : « Monsieur Blanqui, il est interdit de regarder la mer ! ». Et ses gardes-chiourmes l'injuriaient, l'agaçaient sans cesse et le poussaient dans le dos de la crosse de leurs fusils. Les sentinelles avaient ordre de tirer s'il s'approchait des barreaux de sa fenêtre ou à la moindre tentative de rébellion, et Blanqui savait bien que le premier prétexte serait le bon pour se débarrasser de lui. La garnison était composée d'une trentaine d'hommes, sales et dépenaillés dans leur vieil uniforme bleu dépareillé, chargés, pour une maigre solde, payée de loin en loin, de le surveiller, jour et nuit, lui le seul prisonnier de la forteresse. Ils avaient, comme l'indique l'historien Alain Decaux tout récemment décédé, dans sa biographie du révolutionnaire : « *ordre de faire feu sur le prisonnier à la moindre tentative d'évasion et, si on tentait de l'enlever, ordre de le fusiller sur-le-champ et de ne livrer aux assaillants qu'un cadavre.* » La plupart de ces soldats étaient des invalides, réformés ou blessés au combat, manchots ou unijambistes, abrutis de mauvais vin, d'ennui et de solitude, et assommés par les conditions de vie inhumaines sur ce rocher battu par les vagues et continuellement raboté par la mer. Ils séjournaient un mois au château du Taureau, puis le mois suivant à l'hôpital de Morlaix. Beaucoup d'entre eux n'avaient jamais vu la mer avant d'arriver au Taureau, en devenaient stupides et subitement fous. De temps à autre, par escouades, ils armaient une chaloupe et ramaient jusqu'à Carantec ou Térénez, terrorisaient les habitants, rapinaient dans les champs, volaient dans les commerces, réclamaient violemment à boire, mettaient en perce des barriques de cidre dans les fermes, les vidaient en braillant et, dans les villages isolés, chassant en meute, poursuivaient les filles de ferme et recherchaient, l'épée au côté et les poings serrés, des occasions d'amours brutales et buissonnières.

— Mais c'est absurde et même complètement idiot, cette interdiction de regarder la mer ! Elle est là partout, et le château du Taureau est cerné de tous côtés par les flots. Il est comme un vaisseau de pierre porté par les vagues ! On y est littéralement posé sur la mer ! On est dedans, on est dessus, on ne voit qu'elle, on l'a en permanence sous les yeux, on n'entend qu'elle, elle est la présence et l'obsession même… Alors comment faire pour éviter de la regarder ?

— C'est sûr, c'est même évident, mais ce commandant a laissé le souvenir d'un fieffé crétin !

— Peut-être, sûrement même, pour avoir été pendant tant d'années maintenu à ce poste subalterne, et quelqu'un qui devait abuser de son pouvoir ! En même temps, interdire à quelqu'un qui se promène sur la terrasse du Taureau de porter les yeux sur la mer constitue, surtout en un lieu pareil, la suprême brimade et la torture la plus subtile possible. On ne peut pas faire mieux, c'est la cruauté absolue !

— Et aussi de la bêtise ! Il faut quand même être sacrément tordu !

— Tu as entendu parler d'un souterrain qui partirait des sous-sols du château et irait rejoindre un vieux manoir quelque part dans la campagne de Plouézoc'h ? La compagne de notre disparu nous en a parlé. Son ami avait surtout en tête de trouver ce souterrain par lequel, croyait-il, Blanqui aurait eu l'intention de s'évader du Taureau.

— Je n'ai jamais rien entendu de bien sérieux à ce sujet, et je pense pourtant avoir à peu près tout lu ce qui concerne le séjour de Blanqui au château du Taureau. Je n'ai jamais rien lu de fiable à propos de ce fameux souterrain ni à propos d'un projet d'évasion de Blanqui. Quelques allusions vagues ici ou là, dans quelques livres et surtout sur des sites Internet qui, d'ailleurs, s'en inspirent directement. On parle en effet d'un souterrain qui partait d'une des deux tourelles, celle de gauche, je crois, du château de Lanoverte, en Plouézoc'h et qui était supposé aboutir quelque part sous la Tour Française du château du Taureau. Ou quelque part ailleurs, peut-être sous la salle d'armes, comme le prétendent certains textes. Mais je n'y crois guère, c'est même, à mon avis, de la pure légende. Un fantasme aussi, sans doute, d'anciens stagiaires de l'école de voile, mêlé naturellement à bien des émois personnels, à des jeux et des lectures de garçons, à la présence des filles et à un goût de l'aventure propre aux adolescents de cet âge.

— Blanqui aurait pu s'évader du Taureau par ce souterrain ?

— Par un souterrain, je n'en ai aucune idée. Mais par la mer, je ne le crois pas. Il n'est pas facile de s'évader du Taureau, ce n'est certes pas Alcatraz, on ne rencontre pas trop de requins alentour, mais les courants sont tout de même très violents. Un prisonnier avait bien essayé de s'évader à la nage, bien des années auparavant, mais il n'avait pas pu franchir les courants du chenal de Tréguier et on avait retrouvé sa charogne quinze jours plus tard, rejetée sur une grève, dépiautée par les crabes et picorée par les goélands, quelque part du côté de la palud de Kerarmel. Ainsi, même Blanqui a bien pu rêver d'un souterrain, moyen magique et commode pour échapper à ses conditions de détention infernales. J'ai bien dit rêver ! Le rêve qui est, tout de même, le seul et dernier privilège de la plupart des prisonniers... Quant à ton jeune disparu, il m'a tout l'air d'un drôle d'illuminé et a dû se mettre dans une mauvaise situation. Il est probablement tombé à l'eau et aura été emporté par le courant. Mais dans quelle direction en fonction du moment de la marée ? Si c'est à marée montante, on a quelque chance de le découvrir un jour ou l'autre, sur une grève quelconque, au fond de la baie, déshabillé par le ressac et becqueté par les goélands. Si c'est l'inverse, il peut être loin en mer, très loin même, et l'on n'entendra plus jamais parler de lui...

— Cette histoire de souterrain me travaille un peu. Je n'y crois pas vraiment, mais je vais quand même me renseigner là-dessus auprès des services des Bâtiments de France qui ont supervisé les travaux de restauration du château. Ils ont dû sonder la forteresse et l'étudier de fond en comble. Je vais leur téléphoner à Brest aujourd'hui même. J'espère qu'ils ne se moqueront pas trop de moi. Je vais aussi vérifier ce qu'on peut trouver à ce sujet dans les livres et sur Internet.

— Bon courage à toi ! J'ai lu, évidemment, ce fameux livre de Blanqui, mais il y a bien longtemps. Je crois me souvenir qu'à sa parution, cet ouvrage suscita un immense intérêt. Ce n'était pas dû à sa qualité, mais plutôt à la bizarrerie de son sujet et à la personnalité contestée de son auteur. Un gros coup de pub en quelque sorte, comme il s'en fait couramment de nos jours. Regarde ce que publient certains de nos politiques ou encore certaines de leurs maîtresses… Pour ma part, je me souviens d'y avoir lu seulement un fatras d'élucubrations auxquelles je n'ai pas compris grand-chose. C'est le dernier livre de Blanqui dans sa dernière prison. Ah non, je me trompe ! Il a été, l'année suivante encore, condamné à perpétuité et enfermé à Clairvaux. En 1871, au Taureau, il a soixante-sept ans et est complètement usé par ses innombrables détentions et les privations qu'on lui a imposées. Il a déjà fait une quarantaine d'années de captivité. La plus grande part de sa vie ! *L'Éternité par les astres* qu'il y a écrit, est un petit livre d'une grosse centaine de pages où il expose sa vision cosmique du monde, un ensemble de spéculations assez étranges surtout sous la plume d'un révolutionnaire que l'on attendrait plus proche des réalités matérielles et économiques. L'astrologie n'améliore pas la vie du peuple ni la condition des ouvriers. C'est seulement la foire aux illusions… Un truc de magazines pour demoiselles rêveuses et dames qui n'ont rien à faire. Comme la plupart des gens, je passe mon temps à essayer de comprendre ce qui se passe sur la terre, ce n'est déjà pas facile, alors, pour ce qui est de comprendre ce qui se passe parmi les étoiles ! Ce n'est pas trop mon domaine de prédilection. Il y a sans doute des amateurs, mais je n'en fais pas partie. Je n'ai donc pas compris grand-chose à ce livre. Mais y a-t-il quelque chose à comprendre, je me le demande encore. Pas sûr. Repasse me voir demain dans la matinée. Je vais fouiller au grenier dans ma montagne de livres Je suis sûr que je l'ai, mais où et dans quel carton ou dans quel tas ? De toute façon, si je ne mets pas la main dessus, je suis sûr que tu pourras rapidement te le procurer par Internet. J'ai lu récemment dans je ne sais quelle revue littéraire qu'il avait connu nombre de rééditions récentes, dont une édition suisse agrémentée d'un important appareil critique. Tu peux aussi le télécharger sur différents sites. Mais ne t'inquiète pas, je l'ai au grenier, j'en suis certain, dans un tas de cartons et de paperasses laissés par mes fils qui voulaient tout garder, leurs cahiers d'écoliers et tous leurs cours de collège et de lycée. Mais plutôt chez moi, pas chez eux, évidemment ! Reviens donc me voir demain un peu avant midi. Nous irons déjeuner au Kelenn. Un moules-frites au Petit Relais ou une araignée-mayonnaise avec, bien entendu, un joli pichet de rosé bien frais. Je vais d'ici là réchauffer mes connaissances sur Blanqui et surtout sur son livre écrit au Taureau. Je connais quelqu'un qui y travaillait à l'époque de l'école de voile. Je lui demanderai ce qu'il pense de cette histoire de souterrain. Je vais retrouver ses coordonnées, adresse et téléphone, et je te les donnerai demain. Tu pourras aller le voir de ma part. À demain donc ! Après le repas, je te déposerai au château du Taureau. La marée sera propice. Et en attendant de t'y reprendre, j'irai poser quelques palangres à dorades et à bars, du côté de l'île aux Dames et de l'île au Sable.

— Ah oui, tes fameuses palangres bigoudènes !

V

Jean-Marie m'avait embarqué au quai du Kelenn sur Scrafic, son vieux bateau noir, et déposé au château du Taureau. En m'attendant, il allait se livrer dans la baie à une partie de pêche au bar. Il allait quand même falloir que je trouve, pour la suite de mon enquête, un mode de déplacement plus rapide et plus officiel ! J'allais demander à me servir du zodiac des pompiers de Carantec ou me contenter des rotations régulières du Cormoran, la navette qui conduisait les touristes au château du Taureau depuis l'embarcadère de la plage du Kelenn.

Je me mêlai à la cohorte colorée des touristes qui débarquaient par vagues du Cormoran, le grand bateau bleu marine, qui faisait des rotations à longueur de journée. Nombre de mes camarades au lycée Tristan Corbière à Morlaix, pour la plupart issus de la bourgeoisie morlaisienne, y passaient leurs mois d'été, à l'époque de l'école de voile, pendant que, de mon côté, je gardais les vaches, ramassais des patates et aidais aux travaux des champs. À la rentrée des classes, ils avaient continuellement des histoires plus ou moins secrètes à raconter, des histoires de dortoirs et de filles, et donnaient l'impression de s'être bien amusés. Tellement amusés que, dès la seconde année, on ramenait les filles à terre tous les soirs. J'avais visité le Taureau à de nombreuses reprises et j'y étais allé plusieurs fois, du temps où il était à l'abandon, ouvert à tous vents, livré aux rats, aux goélands et aux vandales de toute espèce. Chaque fois que des amis venant d'une autre région me rendaient visite en Bretagne, l'expédition au château du Taureau s'imposait dans le programme. Puis j'avais suivi dans la presse locale les différentes étapes de sa restauration qui avait duré plusieurs années. J'avais souvent visité la cellule où Blanqui avait été enfermé pendant six mois, au premier étage de la Tour Française, une pièce voûtée, appelée « salle de discipline ». La pierre s'effrite, se creuse et tombe en poussière ocre rouge, les murs sont couverts de salpêtre. Une fenêtre donne sur un mur aveugle du côté de la machinerie du pont-levis, une autre sur la cour intérieure, grillée de vieux fer forgé. Des conditions déplorables d'incarcération. Un endroit où il avait subi des brimades constantes et indignes. Je songeai avec une certaine émotion au vieux révolutionnaire à la crinière blanche, ainsi martyrisé par des brutes en uniforme de drap bleu, incultes, grossières et avinées. Je visitai toutes les pièces du château, toutes les casemates, tous les escaliers et, naturellement, je ne voyais pas d'où aurait pu partir un souterrain. Et si Xavier Delarue en avait trouvé l'entrée, et l'avait emprunté, on en aurait quand même vu quelque trace. Je n'y croyais guère et pourtant un doute subsistait en moi. Un petit doute. Mon rôle était de vérifier, même si je n'y croyais pas vraiment.

Je montai sur la terrasse. Un magnifique paysage de mer à marée basse s'étendait sous mes yeux. Toutes les îles, de Callot à gauche à Stérec à l'extrême droite, brillaient au soleil. Mon regard balayait l'horizon et portait sur les clochers de Saint-Pol, la flèche du Kreisker, le clocher le plus élevé de Bretagne, et les deux tours de la cathédrale Saint-Pol Aurélien. La fine aiguille en granit du clocher de l'île Callot dans son long ruban de verdure, le croissant roux de ses plages, l'île Verte et l'île Ricard, couvertes de mauves et grillées par l'été, au-dessus desquelles tournoyait inlassablement un vol criard de goélands, toujours en alerte au-dessus de leurs nids. Plus près de moi, la pointe du Cosmeur couverte de bruyères en fleur avançait en mer son mufle aplati de crocodile. Je me laissais aller au charme de l'endroit. La brise marine me caressait le visage et mes bras brûlaient sur la pierre du parapet exposée au soleil. Je regardais les collines de Térénez, la croupe arrondie de la pointe de

Kernéhelen, le cairn de Barnenez entouré de petits personnages colorés qui circulaient dans le vert de l'herbe. Le panorama était tout simplement somptueux.

J'allais ensuite à la rencontre du gardien du château, un certain André Maout. Je le trouvai, patrouillant sur la terrasse, l'air méfiant et revêche. Grand, très grand même, maigre, osseux et voûté, il avait une tête de bélier, avançait la tête basse, le front buté, ses petits yeux porcins fixant la pointe de ses chaussures, comme s'il cherchait à terre quelque objet perdu. Il donnait l'impression d'être toujours sur le point de charger un obstacle. Je m'étais renseigné sur lui avant de venir à la forteresse. Ancien surveillant à la prison de l'Hermitage à Brest, à la retraite forcée depuis un petit nombre d'années, il avait trouvé, en complément de ressources, cet emploi et s'en acquittait depuis déjà trois ans avec zèle. Un zèle extrême et une autorité absolue. Les autres employés du château disaient qu'il se comportait comme un véritable tyran, qu'il considérait le château comme sa propriété privée et qu'il exerçait sur lui une surveillance jalouse. Il y venait en dehors de ses heures de service, armé d'un solide gourdin et y faisait des rondes avec son chien, un chien de chasse qui faisait fonction de chien de garde. On disait à Carantec qu'il emportait quelquefois son fusil de chasse. Je me présentai et lui exposai brièvement les motifs de ma présence en ce lieu et les nécessités de mon enquête sur la disparition présumée d'un jeune étudiant. Il se plaignit à moi d'avoir trouvé la porte ouverte à deux reprises au cours de la semaine. Ce n'était pas la première fois, disait-il, que l'on visitait le château la nuit. Il se demandait ce qu'on pouvait bien venir y faire, à quel trafic on pouvait s'y livrer. Pour les travaux de restauration, quelques années auparavant, on avait distribué quantité de doubles de clés. Il les énumérait en comptant sur le bout de ses doigts.

— Les ouvriers des différents corps de métiers qui sont intervenus lors de travaux, les responsables de la Chambre de Commerce de Morlaix qui gère maintenant le château, les Bâtiments de France, l'Office du Tourisme, les mairies de Carantec et de Plougasnou, les gardiens successifs, les ouvriers d'entretien. Il a dû en disparaître et s'en copier régulièrement. Certaines ont été restituées, mais d'autres ont été égarées ou même volées. On m'a même pris la mienne le mois dernier, un dimanche après-midi. Je l'avais accrochée à un clou dans mon bureau, au rez-de-chaussée de la tour, près du pont-levis. Une grosse clé que je ne pouvais pas garder dans ma poche tout le temps. Beaucoup trop lourde. Des touristes ont dû pénétrer dans mon local pendant que je faisais mes rondes. Des clés du château, il doit y en avoir plusieurs dans la nature. On ne contrôle plus rien. On aura bientôt plus de visiteurs la nuit que dans la journée ! Il y a quantité de bateaux qui se promènent toute la nuit, des voleurs de pêche qui relèvent les casiers et les filets des autres, des gens qui s'amusent pendant leurs vacances, et sans doute des trafics de toutes sortes, de coquilles de Saint-Jacques, d'ormeaux et de je ne sais quoi encore. Il est urgent de changer la serrure de la porte d'entrée. Mais je pense qu'ils trouveront le moyen d'entrer quand même. Je ne sais pas ce que tous ces gens viennent y faire et y rechercher après la fermeture… Il faudrait même qu'on y mette des gardiens la nuit, avec deux ou trois bergers allemands bien féroces. Comme au tout début de l'existence du château, on lâchait des dogues, la nuit, sur le rocher, à l'extérieur des murs. Comme sur les remparts de Saint-Malo. Personne ne pouvait approcher du pont-levis sans se faire mettre en pièces et dévorer tout cru.

Maout allait, assurait-il, parler à ses chefs de cette histoire de clés. Il me prenait à témoin et s'enflammait. « Encore un spécimen ordinaire de paranoïaque, pensai-je, un individu qui voit le mal et le complot partout, sans doute façonné par son ancien métier de gardien de prison et désormais habitué à voir des délinquants partout. Un familier aussi de tous les trafics possibles et parfaitement au courant de toutes les combines imaginables. Des façons de voir et de faire apprises et vécues en prison… » Comme je lui demandais s'il n'avait rien remarqué de particulier ces derniers temps, il m'expliqua que, quelques jours auparavant, il avait trouvé un livre sur la terrasse, détrempé et gonflé, les pages retroussées par le violent orage de la nuit. Il pensait qu'il avait sans doute été perdu la veille par un touriste.

— Lors de votre dernière ronde sur la terrasse avant le départ du dernier bateau, vous auriez dû le remarquer…

— Tiens, oui, c'est vrai… Maintenant, je suis sûr qu'il n'était pas là, puisque je regarde partout.

— Il y a donc été déposé ou perdu plus tard dans la soirée ou durant la nuit…

— Évidemment. Il a fallu que quelqu'un pénètre dans le château en dehors des heures d'ouverture ou qu'il s'y soit caché à l'heure de la fermeture.

— Ce n'est pas possible autrement…

— Vous avez vu le titre de ce livre ?

— Non, je n'y ai pas fait attention, je n'ai même pas regardé, je n'y ai pas pensé. Pour quoi faire, d'ailleurs ? Je m'en fiche complètement. Car vous savez, pour moi, les livres, c'est tout juste des tas de papier, rien de plus. Je n'en ai jamais lu un entièrement, pas même à l'école ni au collège, car au bout de deux pages, j'en ai marre et je laisse tomber. Ou alors, je m'endors dessus. C'est même excellent comme somnifère ! À la prison de L'Hermitage, à Brest, j'ai refusé de m'occuper de l'organisation de la bibliothèque, un boulot pourtant bien tranquille et même une véritable planque. J'avais trop peur de m'ennuyer parmi tous ces bouquins remplis de poussière et auxquels je ne comprends rien. Celui que j'ai trouvé sur la terrasse était tout mouillé, une vraie éponge, alors je l'ai fourré dans un sac en plastique et je l'ai déposé le lendemain à l'accueil de la mairie de Carantec, comme à chaque fois que je trouve un objet perdu ou oublié dans le château. Ils ont dû le mettre dans l'armoire aux objets trouvés avec tout un tas de choses que les touristes perdent ou laissent traîner durant l'été. Un véritable bric-à-brac ! On y trouve tout et n'importe quoi. Si ce bouquin vous intéresse, adressez-vous là-bas, on vous renseignera. Il est dans un sale état. À mon avis, il ne doit pas valoir grand-chose, mais vous allez pouvoir le récupérer. Ils n'ont aucun intérêt à conserver dans leur armoire une pourriture pareille, car, pour moi, encore une fois, il est tout juste bon pour la poubelle.

— Je passerai à la mairie de Carantec demain matin, j'en profiterai pour rencontrer le policier municipal. J'ai besoin de le voir. Que pensez-vous de l'existence de ce souterrain qui, si l'on en croit certains textes et certaines rumeurs, partirait des sous-sols du château et aboutirait, à trois kilomètres d'ici, dans un vieux manoir, juste en face, de l'autre côté de la mer, sur la commune de Plouézoc'h ?

Maout changea de tête, grimaça et prit feu aussitôt. Je sentis que je venais de toucher un point sensible. Je lui parlais d'un souterrain et des sous-sols du château mais il s'empressait de me parler d'autre chose et d'attirer sèchement mon attention ailleurs. J'étais de plus en plus intrigué mais ne laissais rien paraître.

— Ce souterrain n'existe pas, on m'en a parlé quelquefois, mais c'est une légende…

— Pourtant Xavier Delarue, notre disparu, était convaincu de son existence et pensait pouvoir en découvrir l'entrée. Il l'a peut-être fait, d'ailleurs. Il aurait pu s'y engager, s'y perdre, y rester bloqué, avoir été blessé, à la suite d'une chute ou d'un éboulement par exemple… Que sais-je encore…

Maout haussait le ton, s'énervait et devenait hargneux. Je trouvais sa réaction étrange et nettement excessive, trop passionnelle aussi. Largement de quoi m'intriguer…

— Je vous le répète une dernière fois, ce souterrain n'existe pas. Et votre jeune homme s'est trompé complètement. Il n'y a rien à découvrir. N'y pensez plus… Il y a quand même autre chose qui me travaille. Je n'avais pas pensé à vous signaler tout de suite que j'avais vu du sang dans la cour du château.

— Du sang ! Mais où ? Montrez-moi ça tout de suite…

— C'est dans la cour intérieure, au milieu, juste derrière le rocher qui dépasse des dalles. Venez, je vais vous montrer…

Il me raconta qu'en se baissant pour ramasser des papiers de bonbons et des mégots qui traînaient par terre, il avait remarqué des traces de sang à un endroit de la cour, tout particulièrement dans certains joints du dallage de schiste, mais pâle et délavé, comme si le dallage avait été nettoyé à grande eau. Il avait plu, on avait même essuyé un violent orage en fin de nuit, le jour de la disparition de l'étudiant morlaisien. Il ne l'avait pas vu avant, parce que les traces se trouvent derrière le rocher qui se trouve au milieu de la cour. André Maout ne s'était pas inquiété de la présence de cette tache de sang, pensant qu'il provenait d'un animal quelconque, sans doute d'un oiseau, car il n'était pas rare, m'expliqua-t-il, d'assister à des combats à mort entre des goélands, hôtes traditionnels et séculaires du château, et des faucons crécerelle, des nouveaux venus, des intrus, qui y séjournaient depuis quelques années, nichaient désormais au sommet de la Tour Française, juste sous la fleur de lys, et utilisaient le château comme base avancée pour aller dévorer les poussins des sternes de la réserve naturelle de l'île aux Dames toute proche, devenue pour eux un garde-manger inépuisable et tout à fait commode. Il me montra en effet des traces de sang bien visibles, quoique diluées et effacées entre des dalles d'ardoise. Je téléphonai aussitôt aux services de l'Identité Judiciaire de venir au plus vite relever ces traces et leur demandai de m'en communiquer l'analyse le plus rapidement possible.

Xavier Delarue avait-il été blessé dans la cour du château ? Par qui et dans quelles circonstances ? Il avait aussi pu tomber et se blesser lui-même, auquel cas il serait resté sur place. Ou tout simplement se blesser avec l'un des outils qu'il avait emportés. Mais où était-il donc passé ? Il pouvait aussi avoir trouvé l'entrée du souterrain qu'il recherchait, s'y être engagé, s'y trouver encore, s'y être perdu ou y avoir été victime d'un accident… J'avais cependant bien du mal à prendre en compte cette hypothèse. Et surtout, ce sang était-il le sien ? Je me posais bien des questions. Il nous fallait attendre le résultat des analyses.

André Maout me présenta à Géraldine, la guide qui présentait aux touristes l'histoire du château. Une étudiante qui travaillait tout l'été pour payer ses études. Longue, jolie et souriante. Je lui demandai si, dans l'après-midi du 13 juillet, elle n'avait pas remarqué un jeune homme vêtu d'une parka vert bronze. Elle réfléchit un court instant et, à ma grande surprise, elle se souvenait effectivement d'un jeune homme qui était entré dans le château ainsi vêtu dans la pleine chaleur d'une après-midi d'été. Il portait un sac à dos rouge qui paraissait bien lourd. Elle s'était en effet étonnée de voir quelqu'un vêtu si chaudement, alors que la plupart des visiteurs étaient en short, en chemisette ou en robe légère. Elle avait aussi le souvenir d'un jeune homme curieux de tout, qui avait lui posé plusieurs questions sur la prison et les prisonniers qui avaient séjourné dans le château.

— Il semblait se passionner pour le séjour de Blanqui au château, et m'a interrogée sur ses conditions de détention, sur son cachot et sur l'existence d'un souterrain qui aurait conduit du Taureau jusqu'à un château de Plouézoc'h, et par lequel Blanqui aurait projeté de s'évader. Mais je ne savais rien de vraiment précis sur ce souterrain. Votre étudiant paraissait passionné par ces sujets, ce qui n'est pas le cas de la majorité des touristes qui ignorent jusqu'à l'existence même de ce prisonnier et dont une grande partie n'a jamais entendu parler de Blanqui. Votre jeune homme semblait même détenir une grande érudition sur le vieux révolutionnaire et connaître parfaitement l'histoire et le plan du château. Un grand maigre, déjà voûté à son âge, qui traînait les pieds et portait des lunettes rondes et une petite barbiche. Un peu illuminé certes, mais vu le nombre de gens qui passent ici tous les jours, on voit nécessairement passer des gens étranges et originaux. Après, je ne l'ai plus revu, il y avait beaucoup de monde autour de moi. Un autre groupe de touristes est arrivé. Votre étudiant a dû emprunter les escaliers et visiter les différentes casemates, les cellules, les cachots, puis les salles des étages, et très certainement monter sur la terrasse. Il a aussi pu quitter le château et reprendre le bateau sans que je le remarque. Peut-être avait-il enlevé sa parka verte, et je ne l'ai plus remarqué… Il faisait quand même très chaud pour rester accoutré de la sorte une après-midi d'été. Pourquoi me posez-vous toutes ces questions à propos de ce jeune homme ?

— Parce qu'il a disparu.

— Ici au château ?

— Sans doute. Il a voulu y passer la nuit, il s'est caché au départ de la dernière navette. Le lendemain, il n'a pas regagné le Kelenn et n'a reparu nulle part. Sa compagne est venue nous en alerter au bout de quelques jours.

— Il est peut-être tombé à la mer…

— C'est une possibilité. Une parmi tant d'autres.

— J'espère que Maout ne lui est pas tombé dessus au cours de l'une de ses rondes de nuit, sans quoi je ne donne pas cher de sa peau…

— Vous pensez qu'il aurait pu lui faire un mauvais sort ?

— Certainement. Il est capable de tout. Vous êtes policier ?

— Oui, je suis le commandant Le Fur du commissariat de Morlaix. Si vous apprenez quelque chose, n'hésitez pas à me contacter…

Je la remerciai. Un autre groupe l'entourait et attendait. J'allais poursuivre ma propre visite.

Pourquoi ai-je pensé que cette jeune femme semblait gênée et avait envie de me confier quelque chose ? Une vague intuition de ma part, sans doute. Pourtant, je me trompe rarement, question de flair et d'expérience. Elle jetait des regards inquiets autour d'elle. Mais le gardien à la tête de bélier borné revenait vers nous, tendant l'oreille, l'œil méfiant, sournois et fureteur. La prénommée Géraldine se tut brusquement et se détourna de moi, faisant mine de prendre des dépliants touristiques sur une étagère, d'en évaluer la pile et de les compter. Curieuse atmosphère de travail, me dis-je. Il me faudrait, à l'occasion, revoir cette charmante Géraldine. De préférence en un lieu où elle se sentirait davantage en confiance et libérée de son chien de garde. Un énigmatique et inquiétant Cerbère, ce chien féroce à trois têtes et à la queue de dragon qui gardait la porte des Enfers, dans la mythologie grecque.

Le patron du Cormoran et son matelot que j'allai interroger ensuite, n'avaient, quant à eux, aucun souvenir du personnage que je recherchais. Un jeune homme en parka verte, cela ne leur rappelait rien. Ils disaient voir passer tellement de monde et n'avoir même pas le temps de les regarder. Plusieurs rotations par jour, sept jours sur sept. Un défilé continuel de silhouettes en tenue de vacances, le sac sur le dos et le téléphone à la main. Le matelot tendait la main aux touristes pour les aider à descendre du bateau, évaluer la distance du bateau au quai et poser un pied prudent sur le débarcadère, mais il ne les regardait pas. Ses gestes étaient devenus mécaniques. Il ne voyait que les mains qu'il prenait, les unes après les autres, et l'endroit où les visiteurs posaient les pieds.

— En réalité, je ne vois que les pieds et parfois le rouge aux ongles des femmes, c'est d'ailleurs la seule indication dont je dispose pour savoir s'il s'agit d'hommes ou de femmes. Et le parfum des dames aussi évidemment, dont je reçois continuellement de grosses bouffées dans le nez. Ou des odeurs de vêtements imprégnés de tabac. Je vois rarement les visages, mais je connais tous les modèles de sandales. Alors, vous savez, me souvenir d'un passager bien particulier, surtout une dizaine de jours après, et dont je n'ai sans doute vu que les chaussures, c'est mission tout à fait impossible !

Je n'avais pas appris grand-chose lors de cette première visite au Taureau et je n'étais pas très heureux de mon après-midi. J'avais revu et à nouveau repéré les lieux, je m'étais imprégné de l'atmosphère et j'avais fait la connaissance du guide et surtout du gardien, un personnage antipathique et inquiétant. Un vrai sac d'embrouilles sur pieds… Jean-Marie m'avait repris à l'embarcadère du château vers dix-sept heures. En m'attendant, il avait fait bonne pêche. Un bar, un seul, mais de grande taille, et plusieurs dorades royales palpitaient encore dans un grand panier d'osier. Au retour vers Kastell Bian, entre la pointe du Cosmeur et le rocher fendu de Saint-Carantec, à la hauteur de la petite crique du Penker, Jean-Marie m'avait confié la barre du bateau et s'était mis, en maugréant, à vider ses poissons et à leur couper la queue, une obligation nouvelle censée éviter aux pêcheurs amateurs la tentation d'aller vendre leur poisson à des restaurateurs peu scrupuleux ou de les troquer auprès de leurs voisins de quartier.

— De quoi ça a l'air, ces poissons sans queue ? C'est tout juste absurde. On impose aux plaisanciers des règlements complètement stupides ! Je me demande où l'on va chercher des choses aussi bêtes. Les péchous du dimanche et des congés du mois d'août ne sont pas responsables de la raréfaction du bar. C'est impossible et c'est même tout à fait grotesque. On ferait mieux d'empêcher les chalutiers français, mais aussi étrangers, espagnols par exemple, de passer sur les frayères et de les dévaster, à l'époque où le poisson est en pleine reproduction. Ils ravagent tout systématiquement, à grande échelle et en toute impunité, et ce serait la faute du petit plaisancier comme moi ! C'est encore le monde à l'envers ! Dans quel pays nous vivons et bravo l'Europe ! Encore des fonctionnaires qui n'ont jamais vu un poisson de leur vie, ni peut-être même la mer de leur lointain bureau de Bruxelles ! Et on nous promet de nouveaux règlements pour l'année prochaine : taille plus grande et limitation drastique de celles-ci ! On n'en finira donc jamais avec ces contrôles permanents…

Il haussait les épaules et secouait la tête. J'évitai soigneusement de donner mon avis sur ce sujet que je savais fort délicat. Je préférai faire semblant de regarder ailleurs. Ce n'était ni l'heure ni l'endroit pour une discussion politique et je n'ignorais pas qu'avec Jean-Marie, quel que fût le sujet abordé, j'avais fort peu de chances d'avoir le dernier mot…

— Tiens, Guillaume, j'ai oublié de te le dire ce midi. J'ai vérifié hier soir les dates de détention de Blanqui au Taureau. Il y est resté du 24 mai au 16 novembre 1871. À la belle saison, malgré tout ! Encore heureux pour le pauvre homme, car il a déjà tellement souffert du froid et de l'humidité dans son immonde cachot, entouré de soldats estropiés et menaçants, branlants sur leurs moignons pourris, sur leurs pilons et leurs béquilles, abrutis et rendus fous par la solitude, le vin de caserne et le fracas incessant de la mer. Mais j'ai oublié de rechercher le nom du tortionnaire qui commandait le château à cette époque-là. Je le retrouverai pour toi un de ces jours.

Après la pointe de la Chaise du Curé, nous passions devant la Grève Blanche, au ralenti poussif du vieux moteur Volvo. La plage, encore baignée de soleil, était noire de monde et résonnait de cris d'enfants.

VI

Je me précipitai donc à Carantec. J'avais garé ma voiture sur la petite place, auprès d'un canon sur son affût, restauré et exposé là et qui avait été remonté d'une épave engloutie non loin du château du Taureau, “L'Alcide”. Ce bateau corsaire de Saint-Malo, voulant se réfugier en baie de Morlaix pour échapper à une violente tempête, avait heurté un rocher auprès de l'île Ricard et coulé en quelques minutes. Quelques rares marins avaient réussi à gagner le château du Taureau à la nage. Tous les autres furent noyés et la côte était jonchée de cadavres.

À la mairie de Carantec, je m'étais adressé au service des objets trouvés. On m'apporta dans un sac en plastique un livre mouillé et très abîmé. C'était bien *L'Éternité par les astres*, l'ouvrage écrit par Auguste Blanqui au château du Taureau. Sur une couverture beige couleur papier d'emballage, le nom de l'auteur et le titre étaient imprimés en grosses lettres majuscules rouges. C'était l'édition originale et très rare. « *Librairie Germer Baillière, rue de l'école de médecine, 1872.* » L'étudiant en histoire avait dû le trouver chez un bouquiniste et le payer très cher. Je remarquai que le texte de Blanqui était couvert d'une quantité d'annotations en marges, sans doute de la main même de Xavier Delarue. Je réfléchissais. Ainsi notre étudiant avait disparu en abandonnant un livre auquel il semblait beaucoup tenir. Sa compagne, Marion Sénéchal, nous avait bien expliqué qu'il s'agissait de son livre de chevet, qu'il l'avait pris pour sujet de mémoire et ne s'en séparait jamais. Ni le jour ni la nuit. Il était son trésor personnel. Comment alors expliquer qu'il s'en soit séparé brusquement et l'ait ainsi abandonné au vent et à la pluie sur la terrasse du château ? Il y tenait tellement qu'il ne pouvait pas l'avoir fait volontairement. Il avait donc dû y être contraint d'une manière ou d'une autre, mais comment et par qui ? S'il avait renoncé de lui-même à passer la nuit dans la forteresse et s'il avait décidé de regagner le continent par un moyen ou par un autre, il aurait emporté le livre auquel il tenait tant. Je me posais quantité de questions. En vérité, le sort de ce jeune homme commençait vraiment à m'inquiéter.

Je fis rapidement le tour de ce marché que je fréquentais tous les jeudis depuis des années. L'occasion de saluer mes amis. Je les connaissais tous et depuis si longtemps. Les marchands de légumes, Jean-luc et Christine, Jocelyne, la marchande de fraises de Plougastel, et Alain qui venait vendre la viande des cochons qu'il élevait dans les Monts d'Arrée.

Dans le renfoncement de l'ancien musée maritime, Yvon, le bouquiniste, lisait son journal ou faisait des mots croisés, tassé contre le mur, comme l'araignée tout au fond de sa toile. Quand il n'avait pas le nez entre les pages du *Télégramme*, il palabrait chez Serge et refaisait le monde, comme tous les matins, avec Fernando, le fromager, en touillant leur café. Je lui montrai le livre de Blanqui. Il allait m'en trouver la valeur marchande sur un site de livres d'occasion. Je discutai un moment avec les uns et les autres, pris un café avec eux et repartis vers Morlaix.

Les soirs suivants, au lit, j'avais entamé la lecture du livre de Blanqui, *L'Éternité par les astres*, que Jean-Marie m'avait prêté, mais il m'était à chaque fois tombé des mains. Rares étaient pourtant les livres que je n'arrivais pas à finir. D'ordinaire, je me forçais à aller jusqu'au bout. Mais là, l'irrationnel et les théories fumeuses que l'auteur développait ne m'inspiraient guère et me laissaient étonné et perplexe. Il émettait la possibilité d'univers parallèles et sosies et d'une sorte d'éternel retour : « *Tout être humain est donc éternel dans chacune des secondes de son existence. Ce que j'écris en ce moment dans un cachot du fort du Taureau, je l'ai écrit et je l'écrirai pendant l'éternité, sur une table, avec une plume, sous des habits, dans des circonstances toutes semblables.* » Je n'arrivais pas à entrer dans ce que je considérais comme des élucubrations sans véritable fondement et, pour tout dire, sans grand intérêt pour moi. Une sorte de vision irrationnelle et poétique du monde et de la condition humaine. Tout cela me dépassait et je ne me sentais pas concerné. Chaque soir donc, j'avais très vite renoncé, ce qui m'arrivait très rarement, posé le livre sur le plancher de ma chambre et éteint ma lampe de chevet. J'allais devoir faire confiance aux analyses de Jean-Marie, m'en contenter, ou peut-être les compléter par quelques articles que j'irais consulter sur Internet. En somme, cette fois-là, je choisissais la méthode facile et paresseuse. Mais j'étais bien tranquille et rassuré : Jean-Marie savait tellement de choses.

Je m'étais aussi renseigné sur cette affaire de souterrain. J'avais consulté plusieurs ouvrages et j'étais allé chercher des renseignements sur Internet. Effectivement, plusieurs articles en mentionnaient brièvement l'existence. Il était bien censé partir de la cave de la salle d'armes, aujourd'hui comblée, ou de la base de la Tour Française, passer sous le bras de mer vers Barnenez, au nord de l'île Noire, et aboutir à trois kilomètres de là, dans la tour de gauche, aujourd'hui démolie, du château de

Lanoverte en Plouézoc'h. Tous les auteurs exprimaient cependant bien des doutes et usaient d'évidentes précautions de langage. J'avais néanmoins recopié, à l'intention de Jean-Marie, un extrait que j'avais relevé dans le livre de Louis Le Guennec : « *Le château du Taureau : À droite du passage voûté qui donne accès dans la cour intérieure est le corps de garde, aux larges murailles percées de meurtrières ; il est vide et ne contient qu'un lit de camp et une cheminée. Au-dessous est une cave à demi comblée où aboutissait, dit-on, l'hypothétique souterrain qui conduisait au château de Lanoverte en Plouézoc'h…* » (page 53). Un souterrain certes, mais hypothétique… Je n'étais pas tellement plus avancé ! J'avais aussi recopié un passage d'un petit livre de Daniel Appriou et Erwan Bozellec « *Châteaux et manoirs en baie de Morlaix* : *Le bâtiment principal (du château de Lanoverte) qui servait de logis, était flanqué de deux tourelles et l'on raconte que, de celle de gauche, partait un souterrain qui menait… au château de Taureau en plein milieu de la baie de Morlaix. Ce souterrain, s'il a existé, ces deux enceintes défensives, ce pont-levis, révèlent que Lanoverte devait être une châtellenie importante, susceptible d'éveiller la convoitise des ennemis de l'époque.* » (Tome I page 47). J'avais téléphoné à Brest aux services des Bâtiments de France qui avaient dirigé la restauration du château de 2002 à

2008. La personne qui me prit au téléphone ne me laissa pas beaucoup d'illusions. Ce fut plutôt sec et catégorique. Elle me répondit qu'il n'y avait aucune possibilité de départ d'un souterrain depuis le château du Taureau, que ce n'était là qu'une vieille lune, une lubie collective, une foutaise destinée à amuser quelques touristes en mal de mystère, bref, une rêverie d'adolescent attardé. Et, comme je m'y attendais, mon interlocuteur, moqueur et même hilare, ne m'avait guère ménagé, avait tout l'air de me prendre pour un farfelu, pour quelqu'un qui n'avait pas grand-chose à faire de son temps et qui lui faisait perdre le sien par la même occasion. Mais j'avais cependant l'impression confuse que ma recherche dérangeait et que l'on ne voulait pas répondre à mes questions sur l'existence et la localisation de ce souterrain. Bref, qu'on voulait me dissimuler quelque chose. Je raccrochai, mécontent et tout à fait perplexe, plus que jamais décidé à poursuivre mes recherches. On me cachait peut-être quelque chose, et je n'étais pas homme à me laisser faire. J'entrais dans une sorte de lente et sourde résistance.

Je m'obstinais donc et j'étais allé dans la campagne de Penzé à la rencontre d'un certain Jean Caradec, surnommé l'Amiral, une sorte de géant débonnaire, qui avait été pendant des années l'un des principaux responsables de l'école de voile du château du

Taureau. Jean-Marie m'en avait donné l'adresse et le numéro de téléphone. Je me présentai et lui exposai la recherche de Xavier et sa disparition au château du Taureau depuis plusieurs jours. Je l'interrogeai sur l'existence possible du souterrain dont mon étudiant disparu recherchait l'entrée. Ce jeune homme avait, me répondit-il assez sèchement, lu trop de romans d'aventures. Ce souterrain était une sorte de fantasme collectif des adolescents qu'il avait dirigés pendant des années au château.

C'était donc toujours la même réponse, une imagination de gamins en manque d'aventures et de piment dans leur existence et qui racontaient des histoires pour impressionner les filles.

— Pourtant, des documents attestent l'existence de ce tunnel…

— Impossible, ces livres aussi racontent n'importe quoi. Je ne vois pas d'où ce souterrain pourrait partir !

— On parle d'une cave murée sous les dalles du corps de garde. Le souterrain partirait de là, ou encore du sous-sol de la Tour Française.

— Où êtes-vous allé chercher des âneries pareilles ?

— Je l'ai lu dans un livre déjà ancien qui raconte l'histoire du Taureau et en fait une description précise et c'est repris par d'autres auteurs, avec, c'est sûr, beaucoup de prudence et de précautions. Mais il n'y a pas de fumée sans feu, comme on dit…

— Les livres, on leur fait dire ce que l'on veut, surtout les romans ! Je vois bien ce que lisent les bonnes femmes du club des anciens de mon patelin et sans doute d'ailleurs, ce qu'elles vont chercher chaque semaine à la bibliothèque après la partie de cartes et le café, des histoires complètement loufoques, mais qui occupent leurs journées et c'est déjà ça ! Ce souterrain, Commandant, n'existe pas. Les gamins et les gamines de l'école de voile en parlaient parfois, mais c'était, je vous le répète, pour jouer à se faire peur. Un peu comme jouer au loup. Ils se faisaient tout un cinéma à ce propos. Ils s'imaginaient explorer ce tunnel et quitter le château en passant sous la mer. Votre jeune homme, lui aussi, aura lu trop de romans d'aventures. Ce souterrain était vraiment, je vous le répète et j'insiste, une sorte de fantasme collectif des adolescents que j'ai dirigés pendant des années au château. Ils mélangeaient la réalité avec les aventures de *Tintin* ou encore celles du *Club des Cinq*.

— Vous ne croyez donc pas à l'existence de ce souterrain ?

— Non, pas du tout. Je vous répète que c'est un truc de gamins, rien d'autre. Décidément, et c'est assez étonnant, vous n'êtes pas le premier à me demander des renseignements sur ce prétendu souterrain. Il y a quelques semaines, environ un mois, peut-être un peu plus, j'ai reçu la visite d'un jeune homme, en parka verte, une sorte de grand échalas malingre et boutonneux, un binoclard, qui voulait absolument que je lui indique où se trouve l'entrée du souterrain. Avec sa petite barbiche, il ressemblait à une chèvre malade. Je lui ai répondu que j'avais déjà entendu parler de ce souterrain mais que c'était là une pure légende. Puis, comme il insistait pour me montrer des plans et que je n'avais pas trop de temps à perdre, que j'étais occupé à ranger mon garage quand il est arrivé m'emmerder, je l'ai envoyé promener. Il avait pourtant l'air gentil mais semblait plutôt paumé. Pas le mauvais bougre sans doute. J'ai longtemps partagé la vie quotidienne des jeunes, je les connais bien, et j'ai trouvé à ce jeune homme une tête et une allure de victime. Une tête à se faire avoir en toute circonstance. C'est comme ça quand on lit trop de livres et qu'on n'a plus les pieds sur terre. Les intellos, je vous jure...

— Si ce jeune homme est venu vous voir, ce n'est pas sans raison, il avait lu et entendu des choses là-dessus. C'est très certainement mon disparu du Taureau. Je le reconnais très bien à travers le portrait que vous m'en faites. Il a enquêté partout sur l'existence de ce souterrain, a consulté des plans du château, interrogé quantité de personnes et s'est laissé enfermer la nuit dans la forteresse pour essayer de le découvrir. Personne ne l'a jamais revu. Il en a peut-être trouvé l'entrée, s'y sera introduit et… Je ne sais pas… Il se sera peut-être perdu ou aura été victime d'un éboulement… Il est peut-être encore coincé dans ce souterrain. Tout est possible après tout…

Dans la description faite par Jean Caradec, j'avais reconnu la personne de Xavier Delarue.

— Je vous répète que c'est impossible. N'insistez pas, ce souterrain n'existe pas. Vous n'allez pas me dire que vous y croyez, vous, et à votre âge… Vous êtes en train de fabriquer un roman, vous aussi ! Vous n'êtes quand même plus un gamin et vous avez l'air de quelqu'un de sensé et d'intelligent. Et avec le métier que vous faites, en plus ! Un commandant de Police Judiciaire se mettre, devant moi, à croire au père Noël et à se raconter des histoires de gamins !

Nous échangeâmes encore durant une bonne demi-heure. Jean Caradec finit par m'avouer que lui aussi, à force d'entendre parler de ce souterrain, avait fini par avoir des doutes et que la chose l'avait même travaillé durant toutes ces années qu'il avait passées au château du Taureau. Il n'était plus aussi catégorique. Je lui expliquai qu'on avait bien creusé un tunnel sous la Manche et que le métro de Paris passait et repassait sous la Seine. Il finit par admettre que ce souterrain existait peut-être, mais que depuis le temps, il ne devait plus être en bon état et qu'il avait dû connaître bien des éboulements. Et comment en découvrir l'entrée ? Il me fit certaines confidences sur des observations qu'il avait pu faire durant toutes ces années passées au Taureau et je me retirai de chez lui bien perplexe. Dans la pratique de mon enquête, je n'étais guère plus avancé. Fantasme collectif ou réalité, l'existence possible de ce souterrain continuait à m'intriguer et je n'étais nullement décidé à suspendre mes recherches.

Les techniciens de l'Identité Judiciaire me communiquèrent dès le lendemain matin le résultat des analyses du sang trouvé sur le dallage de la cour intérieure du château. Elles étaient formelles, c'était bien du sang humain. Aucun doute n'était possible. On procéda en urgence à des analyses complémentaires, on alla chez Marion Sénéchal prélever des traces d'ADN sur des objets personnels du disparu. Le sang trouvé dans la cour intérieure du Taureau s'avéra bien celui de notre étudiant, Xavier Delarue. On était donc sûr qu'il avait perdu du sang à cet endroit, qu'il y avait été au moins blessé, peut-être même tué. Comment, par qui ? Et surtout, qu'avait-on fait du corps ? Où donc se trouvait le cadavre ? Nous nous posions en boucle les mêmes questions. Nous pensions tout naturellement qu'il avait dû être jeté à la mer. C'était la première idée qui nous venait, tant la chose, en cet endroit, nous paraissait, pour ainsi dire, presque normale et naturelle. Le retrouverait-on un jour, dans cette zone de courants très violents ? Il pouvait avoir été entraîné fort loin et dans n'importe quelle direction. Vers le large ou vers l'intérieur de la baie. Comment savoir ? On organisa néanmoins des recherches sur la côte et sur les îlots de la baie. Les pompiers et quantité de bénévoles s'y employèrent. On fouilla toutes les criques et les grèves de rochers et on scruta les laisses au long des plages, sans aucun résultat. Les recherches se poursuivaient. Il nous fallait donc attendre. Nous étions suspendus à l'annonce indécise d'une macabre découverte sur un rivage quelconque, mais très largement improbable. Quelques jours passèrent ainsi dans une incertitude absolue.

Puis un matin, je reçus un coup de téléphone de René Maurizur, le policier municipal de Carantec. Un promeneur avait trouvé une chaussure sur la plage de Porzh Traezh à Carantec. La marée haute l'avait déposée au pied du mur du hangar d'un ancien chantier naval, et il l'avait ramenée à la mairie. Je lui demandai de me décrire la chaussure en question. C'était une chaussure de bateau, rouge et bleu marine, aux lacets en cuir, une chaussure déjà vieille et en mauvais état. Je me précipitai à Carantec et la récupérai. J'allai d'abord voir Marion Sénéchal dans son institut de beauté et lui montrai la chaussure. Elle était formelle, aucun doute possible, c'était bien la chaussure de Xavier. Elle pâlit sous son épais maquillage orange et poudré, et me sembla terriblement gênée, ce que je mis naturellement sur le compte de l'émotion et de la douleur due à la disparition de son compagnon. Mais en même temps, je percevais quelque chose de différent et d'indéfinissable. Puis j'allais confier la chaussure aux services scientifiques de la police. Je reçus leur avis en peu de temps. La chaussure avait séjourné longtemps dans l'eau et ne pouvait, pour cette raison, présenter d'empreintes exploitables. Cependant l'arrière du talon était griffé, et ces griffures étaient récentes, comme si on avait traîné son propriétaire sur une surface dure, pleine d'aspérités. Des rochers très probablement. Les choses, pour nous, étaient désormais plus claires. Xavier Delarue avait été précipité du haut de la terrasse, puis son cadavre traîné sans beaucoup de ménagement et jeté à la mer. On n'avait trouvé qu'une de ses chaussures. Où donc était l'autre ? Et surtout où pouvait se trouver leur propriétaire ? Il fallait poursuivre les recherches sur les îles et dans toutes les criques de la baie. En espérant retrouver enfin le cadavre. Ou peut-être l'autre chaussure. Ou les deux en même temps. Ce qui paraissait de plus en plus incertain au fil de jours. Nous cherchions de tous côtés, les jours passaient, mais nous n'avancions guère. Le commissaire, Évelyne Lemétayer, ma supérieure hiérarchique, pestait dans son bureau, claquait le téléphone sur son socle, bousculait ses piles de dossiers, puis sortait dans la cour fumer cigarette sur cigarette. Elle était à cran et nous nous demandions quelle mouche la piquait.

VII

En attendant, nous poursuivions l'enquête auprès des proches de Xavier Delarue. Nous interrogions ses camarades étudiants et ses fréquentations morlaisiennes. Arsène, surtout, écumait les bars où les jeunes avaient l'habitude de se réunir, et joignait l'utile à l'agréable. Il recueillait informations et impressions. Ils se réunissaient sur la place des Halles à la terrasse du café du Crépuscule. Toute une bande de jeunes gens qui se connaissaient et se fréquentaient depuis les différents collèges et les deux lycées de la ville. Il apprit que, dans sa jeunesse, le père de Marion avait été moniteur de voile au château du Taureau. Il avait donc décidé d'aller, à Plouigneau, lui rendre visite.

Nous étions retournés voir Marion Sénéchal dans son institut de beauté. Nous avions à faire avec elle le point sur notre enquête. Nous avions encore quelques questions à lui poser sur son compagnon disparu. Nous meublions le vide de notre enquête. Elle était seule entre deux rendez-vous de clientes. Elle portait une robe légère en tissu fin et légèrement transparent, très courte sur ses longues jambes bronzées. Je remarquai les bras nus et les épaules musclées. Les jambes élancées et les fesses hautes et rebondies, le roulement des muscles qui ne pouvait pas tromper un habitué comme moi des salles de musculation. J'avais la confirmation de ma première impression : Marion Sénéchal me renvoyait l'image d'une sportive accomplie sous des apparences de poupée maquillée et parfumée. Certainement habituée à faire de la musculation, un sport difficile ou encore un sport de combat. Je gardai pour moi mes observations. Dans la rue, retournant au commissariat à quelques pas de là, j'en parlai à Joana :

— Elle me donne l'impression de quelqu'un qui cache assez bien son jeu.

— Mais quel jeu, à ton avis ?

— Je n'en sais pas plus que toi. La suite de l'enquête nous le dira. La poupée peinte est une façade. J'en suis maintenant convaincu. Une sorte de poupée Barbie, mais la tête seulement. Ou encore une poupée russe colorée et lisse. Qu'allons-nous trouver à l'intérieur ? Ce n'est qu'un aspect de cette personne, trop lisse.

— Tu te fais peut-être des idées. Tu donnes dans le fantasme, et je trouve que tu as une étrange attirance pour cette fille. Tu ne crois quand même pas qu'elle pourrait s'intéresser à toi ? Vu ton âge, ce serait tout de même étonnant !

— L'âge, Joana, n'est qu'un avatar de la vie, un avatar comme il en existe quantité d'autres. Tu m'énerves un peu avec ce type de remarque. Laisse mon âge tranquille ! Néanmoins, rassure-toi, je n'ai aucune intention de cette nature et ne suis pas du tout là-dedans. Je n'ai, heureusement pour moi, aucune attirance particulière pour cette fille ! Je ne mélange jamais le travail avec les histoires personnelles. Seulement, je ne la comprends pas bien et donc, je l'observe avec une certaine curiosité. Une curiosité toute professionnelle. Joana, tu devrais faire le tour des salles de sport de la ville et même, si nécessaire, de toute la région. Tu essaieras de savoir si Marion Sénéchal est inscrite dans l'une d'entre elles et quelles activités elle pratique. Il y a là quelque chose qui me tarabuste…

— Les salles de sport ? Quelle utilité pour notre enquête ?

— Je ne sais pas trop encore. J'aime comprendre les choses et aussi les gens qui m'entourent. Il faut donc, je te le répète, que je cerne la personnalité de cette fille et que je fasse le tour de ses activités ! Tout juste une petite intuition de ma part. Mon petit doigt qui remue, comme on dit chez nous. Toutes sortes de doutes et de suppositions pas faciles à formuler pour le moment, à ce stade de notre enquête.

Joana haussa les épaules.

— Tu en as de ces méthodes ! Tu joues à Maigret ?

— C'est la bonne vieille méthode, je te l'accorde. Mais cela m'a bien réussi dans quantité d'autres enquêtes.

Je savais le commissariat en ébullition et l'atmosphère des lieux devenue parfaitement détestable. Tous les collègues étaient dans l'incertitude de l'avenir. J'y retournais à reculons au retour de mes enquêtes à l'extérieur. J'étais bien mieux dehors. Le gouvernement semblait décidé à maintenir sa réforme et donc à fermer notre commissariat. Les politiques, comme d'habitude, s'agitaient, chacun de son bord. Une lettre de Madame le maire de Morlaix, adressée au Ministre de l'Intérieur, plaidait pour le maintien du commissariat au centre-ville. Les élections régionales étaient en préparation et l'élection présidentielle commençait à poindre à l'horizon. Donc on ne prendrait pas de décision dans l'immédiat, on se garderait, pour l'instant, de mécontenter les personnels. Il était, comme on le dit couramment, urgent d'attendre. Évelyne Lemétayer, ma supérieure, fumait de plus en plus, fouillait nerveusement ses poches, cherchait partout son briquet, et son humeur ne s'améliorait guère. Elle était infernale et inabordable.

Huit jours passèrent et nous n'avions toujours aucune nouvelle de Xavier Delarue. Ce matin-là, à peine arrivé dans mon bureau, je reçus un coup de téléphone. C'était André Maout, le gardien du château du Taureau. Il avait le débit haché et hésitant de ceux qui n'ont pas l'habitude de s'exprimer au téléphone ou qui se trouvent en proie à une violente émotion. Je trouvais qu'il mettait beaucoup de zèle et de bonne volonté pour collaborer avec nous, et je ne comprenais pas très bien le rôle qu'il voulait jouer auprès de nous. Quel intérêt pouvait-il y trouver ? Peut-être n'était-ce qu'une forme de déformation professionnelle. Ou peut-être voulait-il se faire bien voir de la police pour qu'on oublie un peu ses graves démêlés avec la justice…

— Je me suis rendu compte que la trappe de la citerne avait été déplacée. J'ai en effet remarqué deux rayures plus claires sur la pierre brune et patinée depuis des siècles, sous l'anneau, sans doute les marques d'un outil dont on se serait servi pour la soulever. Depuis le temps que je fréquente le château, je connais, pour ainsi dire chaque pierre et peut-être même le grain de chaque moellon. Pourtant, le château est construit avec des cailloux qui viennent d'un peu partout, de toutes les îles de la baie, de toute la côte, il n'y en a pas deux qui ont la même teinte ni le même grain. Je regarde partout et je fais attention à tous les détails. Je passe par là des dizaines de fois par jour, je n'avais rien remarqué, mais là, mon regard est tombé juste dessus. Un peu par hasard. Cela m'a intrigué et je me suis posé quantité de questions. Qui avait donc eu l'idée de soulever ce couvercle en pierre, d'aller regarder là-dedans et pourquoi faire ? Ce couvercle n'a pas dû être soulevé depuis des années, peut-être même plusieurs dizaines d'années. Je vous ai dit l'autre jour que je soupçonnais je ne sais quel trafic entre ces murs. J'ai alors pensé qu'on avait peut-être caché quelque chose dans cette citerne. Alors j'ai voulu en avoir le cœur net, j'ai pris mon zodiac et je suis allé à toute vitesse chez moi chercher une barre à mine. À mon retour, j'ai passé la barre de fer dans l'anneau et j'ai fait levier pour soulever la dalle de pierre qui bouchait la trappe. Tout de suite, putain, quelle odeur ! Quelle bouffée de mort, quelle puanteur de charogne ! J'ai juste eu le temps de voir un visage à la surface de l'eau. Vert, gonflé, complètement dévoré et pourri, pas beau à voir, parmi des algues noires et visqueuses ! J'ai aussitôt laissé retomber le couvercle et je l'ai réajusté à sa place. Heureusement que nous ne buvons plus la flotte de cette citerne et que nous apportons nos bouteilles d'eau minérale avec nous, tous les matins ! Elle était déjà considérée comme polluée car, recueillie par des rigoles, c'est l'eau de pluie de la terrasse qui est presque toujours couverte de fientes de goélands. Pas terrible déjà pour la santé ! Alors maintenant, avec un cadavre qui barbote là-dedans depuis plus de quinze jours, c'est vraiment le bouquet ! C'est sans doute le gars que vous recherchez…

— J'alerte les pompiers de Morlaix, ainsi que les gendarmes de Saint-Pol et j'arrive avec eux. Dans une petite demi-heure on sera sur place. Ne touchez à rien en attendant et ne laissez personne approcher de cette citerne. Ne vous en approchez pas vous-même !

Je lui fis en outre vertement remarquer qu'il n'aurait pas dû prendre la décision d'ouvrir cette citerne, qu'il aurait fallu seulement nous prévenir et attendre notre arrivée et qu'il aurait sûrement des comptes à rendre pour cette décision intempestive. Je m'étonnais en effet de cette précipitation et de cette initiative qui ne lui appartenait nullement. Il avait certainement pollué le champ d'investigation des spécialistes de la Police Technique et Scientifique, et sans doute compliqué voire même contrarié leurs observations et leurs analyses. Décidément, le dénommé Maout considérait le château comme sa propriété personnelle, il était chez lui, y faisait ce qu'il voulait et agissait sans en référer à quiconque. Son attitude me paraissait de plus en plus suspecte.

Je retrouvai le zodiac des pompiers sur la cale du Kelenn. J'étais accompagné de Joana et d'Arsène. J'avais déconseillé à Joana de faire le déplacement. Peine perdue naturellement, elle n'en faisait qu'à sa tête et considérait que je la traitais comme une gamine chochotte et sottement impressionnable. Elle fit front, se buta, et je dus, comme d'habitude, m'incliner.

Les pompiers sortirent de la citerne un cadavre tout gonflé d'eau, ruisselant et gluant d'algues noires et nauséabondes. Il présentait un état de décomposition très avancée. L'odeur était insupportable. Je m'éloignai vers le fond de la cour en réprimant une violente nausée. Joana tenait un mouchoir devant sa bouche, se pinçait le nez et essayait de faire bonne figure. Arsène, seul, demeurait stoïque et imperturbable. On eût dit qu'il humait la campagne et les fleurs des champs, un matin de printemps. Il se contenta de rouler une cigarette avant de l'allumer avec cérémonie et de rejeter voluptueusement la première bouffée vers le sommet de la Tour Française. Plus tard, les agents de la Police Scientifique firent leur entrée dans le château, revêtirent leur tenue blanche, leurs gants et leurs cagoules et se mirent au travail. Leurs recherches durèrent deux bonnes heures, puis ils s'en allèrent, emportant leurs échantillons dans de petits sachets de plastique. Ils avaient trouvé des mousses et de petits graviers dans le tissu de la parka verte. Rien d'étonnant puisque Xavier Delarue avait, semble-t-il, été traîné sur le dallage de la cour intérieure du château.

Les examens achevés, les pompiers enfermèrent le cadavre dans une housse en plastique. Il allait être transporté à l'hôpital de Morlaix où serait pratiquée une autopsie. Encore un invité de marque pour Michel Jeanne, mon cher ami légiste ! Je passai le temps à discuter avec les uns et les autres, mes collègues, les gendarmes et les pompiers. Puis je montai sur la terrasse J'avais besoin de prendre l'air frais et de regarder la mer, assez forte ce jour-là, et les îlots de la baie bordés d'une large frange d'écume. Joana me rejoignit, pâle et le visage défait.

— Je t'avais bien dit de ne pas venir.

— C'est vrai. J'aurais bien fait de t'écouter. Pour cette fois du moins…

Qui avait tué ce jeune homme ? Dans quelles conditions et pour quelles raisons ? Qu'avait-il vu ou surpris de la terrasse du Taureau, cette nuit-là ? Un trafic quelconque comme le supposait le gardien du château ? Et il semblait bien s'y connaître en trafics de toutes sortes puisqu'il les avait personnellement pratiqués et sur une grande échelle quand il était encore gardien de prison. Et même ici à Carantec… J'avais là l'avis autorisé d'un véritable spécialiste. Et quelle drôle d'idée de prendre la peine d'enfermer la victime dans cette citerne, alors qu'il eût été plus simple et plus facile de se débarrasser de ce cadavre en le traînant par le pont-levis et en le jetant à la mer ! Ce point précis me posait problème et me semblait presque une incohérence. Le meurtrier avait certainement dû craindre que la mer ne finisse par rejeter le cadavre en un point quelconque de la côte, tandis que personne n'irait le chercher dans cette citerne hors d'usage et à l'abandon total depuis des dizaines années. Je ne trouvais rien de mieux pour l'instant. Mes collègues, pas davantage. Perplexes, nous cherchions dans toutes les directions, mais notre enquête demeurait au point mort. Évelyne Leméteyer nous harcelait, cassante et encore plus mal aimable que d'habitude, nous réclamant des résultats rapides pour nos différentes enquêtes en cours. Elle était, nous l'avions enfin appris, d'autant plus impatiente et irascible que sa compagne, la jolie petite Brésilienne avec laquelle elle était arrivée à Morlaix, quelques mois auparavant, ne supportant sans doute plus le climat breton, encore moins la grisaille et la monotonie de la vie morlaisienne, avait fait ses valises et pris l'avion pour Rio où vivait sa famille. Notre cheftaine était désormais seule et semblait décidée à nous le faire payer. Nous passions le plus vite possible devant son bureau, silencieux, regardant droit devant nous et sur la pointe des pieds.

VIII

Le lendemain, en fin de matinée, par les remparts, le cinéma Rialto et le chemin de L'Hospice, je montai à Kernéguès faire ma visite, un peu rituelle, à mon ami Michel Jeanne, dans son bâtiment préfabriqué posé dans un coin de la cour de l'hôpital. Un cube bas et gris, coincé entre les bâtiments administratifs et la maternité. Son service de médecine légale était condamné à brève échéance et ses attributions transférées et concentrées à Brest. Comme tout le reste. Tout s'en allait ailleurs, on organisait patiemment un vaste désert, sous prétexte d'efficacité et d'économie. J'aimais aller à la rencontre de mon ami Michel, nous pouvions ainsi passer des heures à parler de choses et d'autres, parfois de rien, et à refaire le monde à notre manière. Un monde sûrement meilleur. Nous parlions de tout, de nous, de notre travail, de politique et surtout de livres. Nous nous connaissions, pour ainsi dire, depuis toujours. J'avais aussi besoin de ses conclusions après l'autopsie réalisée sur le cadavre de Xavier Delarue. Je n'avais pas eu de ses nouvelles depuis quelques jours et, tout de suite, je compris que le moral n'était pas au beau fixe.

— Tu en fais une drôle de tête ! Tu n'as pas trop l'air dans ton assiette. On dirait que tu n'as pas dormi depuis plusieurs nuits. Tu as vu ces valises sous tes yeux ! Quelle mine de déterré !

Il me fit un étrange sourire malheureux qui fit s'effondrer le bas de son visage et, en même temps, consentit un petit rire contraint et forcé.

— Quoi de plus normal et de plus évident qu'une gueule de déterré pour un médecin légiste ? Je fréquente les cadavres depuis tellement d'années et je finirai même par ressembler à mes clients que j'ouvre, charcute et découpe en lanières, à longueur de temps. Question de mimétisme probablement. Qui s'assemble se ressemble… Mais, c'est vrai, tu as raison, je ne suis pas très en forme et je n'ai plus beaucoup de goût à grand-chose depuis quelque temps…

— Le boulot, la santé, les amours ?

— Un peu le tout ensemble et en même temps. Le tir groupé. Le gros coup de blues et une énorme fatigue…

— Je vois ! Je vois même très bien ! N'essaie pas de me bluffer et de me raconter des salades, tes amours vont mal, c'est ça ? La jeune et belle Joëlle a encore dû te faire de grosses misères…

— Ah ! Celle-là, je ne veux plus la voir, l'entendre ni même en entendre parler. J'ai trop souffert. Depuis des semaines, quand je pense à elle, je suis saisi d'une irrépressible et violente envie de vomir ! Je passe mon temps à dégueuler ma vie et notre dizaine d'années de vie commune…

— Pourtant, quand je vous ai vus ensemble à Roscoff, il n'y a quand même pas si longtemps, les choses semblaient aller plutôt bien. Elle paraissait même amoureuse. J'en étais soulagé et même heureux pour toi ! Tu t'étais déjà donné beaucoup de mal pour accepter de vivre, des années durant, une situation tordue et compliquée ! Tu n'avais déjà que trop souffert !

— Sans doute… Mais c'est une hypocrite et elle m'a joué toute une comédie infecte. Elle a d'ailleurs dû le faire toute sa vie, à moi, à ses ex-maris et sans doute à bien d'autres ! Et elle le fera toujours, c'est dans sa peau… Une comédie vraiment dégueulasse. J'étais, me disait-elle, la main sur le cœur et ses yeux au fond de mes yeux, l'homme et l'amour de sa vie, mais il faut voir ce qu'elle magouillait dans mon dos et comment elle s'est foutue de ma gueule. Prête à toutes les combines et à tous les coups tordus. Le dernier a été le bon. Je te le raconte brièvement, mais je t'épargnerai les détails. Je n'ai pas le courage de tout te raconter. Elle s'était inscrite à un cours d'équitation dans un centre équestre au fin fond de la brousse du côté de Sizun. Une vieille ferme vaguement retapée et un hangar délabré rempli de courants d'air et rafistolé, avec quelques vieilles rosses plus ou moins bien entretenues. Une lubie soudaine, encore une nouvelle, une de plus ! Le cheval, c'était absolument génial, c'était magnifique ! proclamait-elle à longueur de temps. Le sport idéal, le grand air, l'accord de l'animal et de son cavalier, la découverte de la nature… Elle y allait de plus en plus fréquemment, et bientôt tous les jours ou presque, et finissait par y passer l'essentiel de son temps. C'est d'ailleurs moi qui payais l'abonnement et, bonne pomme, lui avais offert l'équipement, bottes, cravache, pantalon serré et casque ridicule. Une vraie passion, violente et subite, pour les canassons. C'est du moins ce qu'elle essayait de me faire croire. Elle insistait lourdement. Elle m'encourageait même à m'y inscrire à mon tour, alors qu'elle n'avait aucune raison réelle de le souhaiter, je le sentais bien, et bien au contraire ! Elle n'avait aucune envie de ma présence, c'était même une façon détournée de me garder à distance, de ruser encore et encore et de me rouler dans la farine. Elle était capable de la pire mauvaise foi. En réalité, elle ne devait pas beaucoup monter les chevaux. Elle s'est, semble-il, prise d'un coup de chaud pour un gros moche, un palefrenier d'occasion, une sorte de demi-clochard, un lourd à tous points de vue, un crâne rasé aux grandes oreilles décollées, le genre gorille aux bras tombant aux genoux, qui cultive, sans doute pour impressionner les péquenots du coin, une allure vaguement guerrière, pantalon de treillis de surplus militaire, rangers éculées de foire aux puces, tombé là par hasard, venu d'on ne sait où et qui doit puer le crottin de cheval. Les gens du voisinage l'appellent “Le légionnaire”, ce qu'il n'a jamais été, ou “Le parachutiste”, en haussant les épaules et en se détournant pour cracher par terre. C'est en réalité, un traîne-savates, un bon à rien que les responsables du club hippique nourrissent par pure charité. Je l'ai aperçu une fois quand la voiture de Joëlle est tombée en panne et que j'ai dû aller la récupérer. Ils s'ébattaient, on me l'a appris tout récemment, car tout finit par se savoir, surtout à la campagne, dans un vieux fourgon jadis bleu, un tas de rouille, posé sur quatre parpaings, à l'arrière des écuries, près de la fosse à purin, sans doute sur un grabat infâme, peut-être même, qui sait, sur une botte de paille comme les cochons… Elle me revenait de là avec des brindilles dans les cheveux, l'air vaguement amusé, un sourire énigmatique et sournois au coin de la bouche. Et défense absolue m'était faite de poser la moindre question ! J'étais, disait-elle, maladivement victime de mon imagination !

— Il ne devait pas trop sentir bon le sable chaud, son légionnaire… On peut quand même rêver plus romantique et plus confortable comme nid d'amour !

— Ah, ça c'est sûr, on peut faire mieux à tout point de vue ! Je lui ai demandé de s'expliquer et, comme d'habitude, elle m'a pris pour le crétin de service, a nié l'évidence, affirmant que je me faisais des films, une expression bien à elle, qu'elle m'envoyait régulièrement à la figure, par laquelle elle justifiait tout, et que je n'étais qu'un vieil amant, jaloux maladif et insupportable. Tu vois un peu le genre de salade… La trahison absolue, la tromperie dégueulasse, je veux bien… Finalement, c'était un peu dans l'ordre des choses, et très largement prévisible, compte tenu de notre différence d'âge et surtout de ses goûts et de ses fantasmes un peu particuliers, car elle ne rêvait que de gros tas, et toute montagne de viande qui passait à sa portée la faisait baver et mouiller sa culotte. Mais qu'au jour le jour, des mois, et même des années durant, elle m'ait pris pour un jambon, ça, vois-tu, Guillaume, je n'ai pas pu le supporter. Je le savais d'ailleurs depuis longtemps qu'elle me baladait, et même très amoureux d'elle, je n'étais quand même pas si niais, mais je me demandais jusqu'à quand et jusqu'à quel point elle aurait le culot de me manipuler de la sorte. J'ai observé, j'ai attendu. Elle m'a quand même promené ainsi durant plusieurs mois. Puis j'ai pris ma décision, je l'ai mise à la porte de chez moi, avec perte et fracas, j'ai balancé toutes ses affaires en vrac dans le jardin, sous la pluie battante, dans le parterre de rosiers et mon grand massif d'hortensias. Les petites dentelles accrochées aux épines et secouées au vent, c'était quand même assez drôle… Enfin, pas trop quand même. J'avais une grande photo d'elle dans un joli cadre doré, sur un mur de ma chambre, juste face à mon lit, je ne pouvais voir que lui, je m'éveillais et je m'endormais devant, il était mon horizon soir et matin, une image souriante de confiance et de bonheur prise sur une haute terrasse, devant la mer, dans la chaleur d'un été du sud de la France. Je lui ai écrasé son sourire, écrabouillé net, et explosé ses lunettes de soleil, un bon coup de marteau, juste en passant à côté, un jour de colère et de bricolage, pan, en plein dans la gueule, bien fait, et j'ai jeté tous les morceaux de verre à la poubelle ! Elle ne méritait pas mieux. Il y a des choses qu'on ne peut pas faire à un homme. Et je ne veux plus en parler, encore moins en entendre parler. En aucune façon, ni aujourd'hui ni demain ni jamais, au grand jamais, rideau complet et silence absolu !

— Tu as supporté stoïquement cette situation pendant des mois, voire des années, dis-tu, mais quand tu t'y mets, tu n'y vas pas de main morte ! C'est plutôt rapide et expéditif ! Et que vas-tu faire maintenant ?

— Prendre ma retraite le plus vite possible, me mettre en vacances définitives et changer d'air. Trouver un air plus pur, prendre le large enfin, quitter tous ces miasmes putrides ! Du vent, enfin du vent ! J'ai pris ma décision et je mets la dernière main à mon dossier. J'ai mes annuités, très largement, j'ai même fait beaucoup de rab et je peux prendre ma retraite quand je veux. Je vais aussi déménager, vendre ma maison de Commana, même si je dois la brader, ou même la donner pour presque rien à la première personne vraiment intéressée. L'argent, Guillaume, tu le sais bien, n'a aucune valeur pour moi et je m'en moque complètement. Je vais aller m'installer quelque part au bord de la mer et peut-être retourner à mes débuts de médecin généraliste, trouver quelques remplacements pour m'occuper, ne pas trop perdre la main et m'entretenir l'esprit. J'aime les îles, je les ai toujours aimées. Je vais donc me retirer dans une île quelconque, j'ai d'abord pensé à une île grecque, surtout Paros où j'ai autrefois passé des vacances extraordinaires avec des amies, un ensemble d'absolues merveilles, personnes et paysages confondus, mais il y fait un peu trop chaud pour moi, et c'est si loin de tout… Il y a aussi la langue que je ne parle pas, même si, depuis mes années de lycée, j'ai conservé quelques rudiments de grec ancien. Plutôt une île bretonne donc. Sein par exemple, Bréhat, Batz, ou, finalement, n'importe laquelle. Ouessant peut-être ou une île du Morbihan, comme Groix. Je pense aussi à l'île d'Hoëdic, au large de Quiberon, que j'ai fréquentée plusieurs mois d'été, dans ma jeunesse, avec une femme aimée. J'adore le vent, la pluie et les tempêtes, surtout les plus violentes, les nuits d'hiver et toute île est, pour moi, un royaume clos, rond, plein et rassurant.

— Tu trouveras quelques remplacements pour occuper ton temps et mettre un peu de beurre dans les épinards…

— Mes épinards me suffisent très largement ! Je n'ai nul besoin de beurre. Pour quoi faire d'ailleurs ? Je te répète que l'argent ne m'intéresse pas et ne m'a jamais intéressé. Il pourrit et pervertit tout, les gens et les choses.

— Juste pour t'occuper et te rendre utile. Je te connais, je ne connais que toi, et depuis si longtemps, tu ne feras même pas payer tes consultations si jamais tu en donnes. Tu as, comme moi, une âme d'éternel bénévole, une mentalité de poire diront certains. Tu t'achèteras un petit bateau, tu iras poser tes deux casiers à homards et, l'été venu, tu traqueras les bancs de maquereaux au petit matin. Tu regarderas chaque jour le surgissement du soleil sur la mer, le pur bonheur dans des jaillissements orange, indigo et pourpres. Tu feras le tour de ton quartier pour offrir tes poissons et tes araignées, on te proposera l'apéro, tu ne le refuseras sans doute pas à chaque fois, tu te feras quantité de copains et tu iras pêcher la crevette, les nuits de pleine lune et de grande marée. Tes voisins t'initieront au maniement et même aux subtilités de la boule bretonne. J'irai te voir de temps en temps et on se partagera de fabuleux plateaux de fruits de mer, de vraies montagnes d'araignées et de tourteaux, et même de homards et peut-être de langoustes. On en pêche encore quelques-unes, plutôt rares, donc chères, sur des tombants, du côté de la tourelle du Mink. Tu rencontreras bien une femme de ton âge ou même, après tout, d'âge indifférent. L'âge et le physique sont finalement sans véritable importance. Toutes les solitudes se ressemblent et ne demandent qu'à se rejoindre. Il s'agit tout simplement d'aimer sans calculs et sans arrière-pensées. Tu vas me dire que c'est plutôt rare par les temps qui courent !

— Non, Guillaume, les femmes, je ne veux plus en entendre parler. Rideau et dernière révérence ! Pas de rappel devant le rideau ! Clap de fin ! Je ne veux plus me faire rouler de la sorte. J'ai trop donné. Elles ne sont jamais là où on les attend, elles traînent toutes des casseroles aux fesses, des combines et leurs petites histoires personnelles et passées, on ne peut leur faire aucune confiance ! De toute façon, il y a des blessures qui ne se referment jamais, on ne guérit jamais de certaines personnes et de certaines situations. Trop dur, en tout cas pour moi, beaucoup trop dur, trop d'images dégueulasses et insurmontables ! C'est mort, c'est cuit, et définitivement ! Je ne pourrai plus jamais faire confiance à une femme ! Une belle garce quand j'y repense !

— Ne sois pas trop sévère, ne casse pas tout, ne refuse pas tout d'avance, cela ne te ressemble pas. Laisse passer le temps. Tout finira sans doute par s'arranger…

Je ne savais que dire et je ne pensais pas ce que j'essayais maladroitement de dire. J'étais arrêté et stupide devant pareille situation. Michel secouait la tête, fixait l'écran de son ordinateur et je remarquai que ses mains tremblaient. Je ne l'avais jamais vu dans un état pareil. Je le sentais à bout, et il fallait qu'il ressente beaucoup de souffrance pour s'abaisser à employer pareil vocabulaire, je ne l'avais jamais entendu parler de la sorte. Ce n'étaient pas des mots à lui, je ne le reconnaissais pas. Une fois de plus, je faisais de mon mieux pour le réconforter. J'étais là dans mon rôle habituel. Mais peine perdue, cette fois. C'est vrai, on ne se remet jamais de certaines trahisons. La blessure est trop profonde, beaucoup trop injuste, surtout à l'âge de mon ami Michel. Il y avait en lui une fêlure indélébile, et tout en dessous, béant et grouillant de menaces, un puits de détresse sans fond.

IX

J'avais mal, je voyais bien que Michel, mon ami légiste, mon cher et vieil ami, l'ami de toute une vie, devrait faire un effort considérable pour parler de son travail en cours. Je ne l'avais jamais vu dans un état pareil. Il semblait n'avoir plus de goût à rien. Je sentais chez lui venir une grosse déprime. Il n'y était plus. Or, j'avais absolument besoin du résultat des examens et analyses qu'il avait effectués sur le cadavre de Xavier Delarue. J'insistai, je l'encourageai. Il finit par se décider à m'en parler et je retrouvai les avis éclairés du remarquable professionnel qu'il avait toujours été :

— Ton client de la citerne du château du Taureau n'est pas très frais. Pas du tout même ! Encore un. Une vraie infection ! Je ne vais pas te demander de venir voir celui-là. Je t'accorde cette exception car je n'ai pas envie de te couper l'appétit pour plusieurs jours et de te faire faire des cauchemars. Il n'est pas blessé gravement à la tête, c'est presque le seul endroit du corps qui est à peu près épargné. Une bosse cependant à l'arrière du crâne, plusieurs même, des marques de chocs, difficilement explicables, puisqu'il est tombé à plat sur le ventre. Par contre, j'ai relevé de nombreuses fractures, des jambes et des bras surtout, mais aussi du bassin. Il a dû connaître une mort instantanée, due à un choc très violent et à plusieurs hémorragies internes. Il a fait une chute importante, un gros plongeon plat sur une surface dure. Il a littéralement explosé. Tous ses principaux organes vitaux ont éclaté ; le foie, la rate et tout le reste, en vrac absolu, une vraie bouillie là-dedans, une vraie compote de fruits rouges !

— Quel poète tu fais ce matin ! Tu as la métaphore plutôt puissante et suggestive !

— Il faut bien que je m'amuse un peu ! La poésie et l'humour me détendent et me consolent du reste. Ils constituent même mon unique et dernier rempart !

— Pour moi, il est sans doute tombé de la terrasse. Une chute d'une quinzaine de mètres sur des dalles de schiste et de granit. Un truc qui ne pardonne guère… Tu n'as pas remarqué de traces de coups ou de blessures, causées par une arme quelconque ?

— Non, aucune. Encore que… Je te répète qu'il a reçu des chocs à l'arrière de la tête, sans doute parce qu'on l'a traîné… C'est ce qui explique les bosses dont je t'ai parlé tout à l'heure. Vu l'état du cadavre, il m'est difficile d'être plus précis. La mort de ce jeune homme, à première vue, s'apparente davantage à un accident ou à un suicide. Puis quelqu'un l'a mis dans la citerne qui contient une eau turbide, légèrement saumâtre. Ses vêtements en étaient imprégnés. Il n'y a pas d'eau dans les poumons, il était donc déjà mort quand on l'a fourré là-dedans, la chose est certaine. Drôle de méthode. C'était tellement plus facile de le jeter à la mer. Les courants violents du grand chenal du Taureau auraient fait le reste…

— Il y a donc deux possibilités. Ou quelqu'un l'a trouvé mort sur le dallage de la cour intérieure et l'a mis dans la citerne, mais pourquoi et dans quel but, ou bien quelqu'un l'a poussé, ou plutôt jeté de la terrasse, puis a caché son cadavre dans la citerne. De toute façon, il n'y est pas allé tout seul, vu toutes ces blessures que tu me décris. On a, de toute évidence, voulu le dissimuler !

— On a trouvé sur ses vêtements des échantillons capillaires roses.

— Forcément ! Ce sont les cheveux de Marion, sa compagne. Pas étonnant puisqu'ils vivaient ensemble.

— On a aussi trouvé des mousses accrochées sur le haut du dos de sa parka… Quelqu'un a dû le traîner sur le sol. Il y a des traces sur son vêtement et des brûlures de frottement, des griffures sur son dos et sur le haut des épaules, des chocs à l'arrière du crâne aussi. On l'a donc très probablement traîné sur une surface dure, et sans aucun ménagement me semble-il, comme un sac de patates ou un vieux matelas en route pour la déchetterie. Mais il était déjà mort, les analyses sont formelles.

— Il a bien fallu soulever la trappe, faire entrer le cadavre, ce qui n'a pas dû être facile, puis remettre la trappe en place, une lourde dalle en granit. L'ensemble est quand même assez physique ! Il fallait être costaud ou alors, ils devaient être plusieurs et sans doute bien outillés. Au moins une barre à mine, ce qu'on ne trouve pas sur n'importe quel bateau. Il faut engager une barre de fer dans l'anneau et faire levier pour soulever la dalle. De plus, il faut bien connaître les lieux, l'existence et l'emplacement précis de la citerne qui est encastrée dans la muraille, ce qui n'est pas évident du tout. Ce sont forcément des individus qui connaissent bien les lieux et qui les fréquentent la nuit, en dehors du circuit touristique officiel et qui ont les clés de la forteresse. Ou ont trouvé la porte ouverte…

— Que peut-on bien faire la nuit dans un endroit pareil ? On ne vient pas là pour déclamer des poèmes face à la mer ou contempler les étoiles !

— Je suppose un trafic quelconque, en tout cas, une activité pas très normale et sans doute pas très légale. Mais laquelle ? J'ai pensé à des histoires de drogue et j'ai pris contact avec mes collègues des Douanes à Roscoff, mais cette piste, pour l'instant, n'a rien donné. La victime aura surpris ce trafic et on se sera assuré de son silence définitif. Ou tout simplement un crime de rôdeur, un acte gratuit, une simple mauvaise rencontre. Tout est possible à ce stade de l'enquête.

— C'est quand même plutôt expéditif comme méthode. Tu vas encore avoir du travail ! Tout cela n'est pas bien clair…

— En matière de criminalité, rien n'est jamais simple, tu le sais comme moi, Michel. Parfois aussi, tout au contraire, c'est beaucoup trop clair. Mais là, je ne sais pas encore. On verra bien. On finit toujours par trouver, un jour ou l'autre… Question de travail et de patience.

— Cette histoire de barre à mine m'intrigue. Ce n'est pas un objet qui appartient à l'univers maritime. On ne trouve pas un outil pareil sur un bateau ni même dans un château en plein milieu de la baie de Morlaix. C'est du matériel de carrier et de terrassier. Il y en avait peut-être une dans le château, par exemple oubliée là par des ouvriers lors des travaux de restauration…

— Je ne le crois pas, puisque le gardien, Maout, a pris son bateau et fait un aller-retour rapide chez lui pour en chercher une et ouvrir la citerne. S'il en avait trouvé une sur place, il ne se serait évidemment pas dérangé ainsi. Il connaît parfaitement le château et tout ce qui s'y trouve.

— C'est bizarre… À ta place je m'intéresserais quand même à ce point précis ! Quelqu'un d'autre que Maout a eu en main une barre à mine. Une autre barre à mine, donc. À moins que ton gardien ait fait le coup et te raconte des salades. Je ne sens pas du tout ce truc. À toi de chercher… Ton gardien n'a pas l'air très clair, avec ses inspections la nuit en compagnie de son chien de chasse. C'est peut-être lui qui se sert du château pour je ne sais quel trafic. Et comme tu m'as dit que dans ce domaine, il avait déjà un passé assez lourd… La présence de notre jeune homme l'aura dérangé, il lui aura fait le coup du lapin, balancé de la terrasse, puis fourré dans la citerne. Ni vu ni connu… Personne n'irait le chercher là-dedans. Ton gardien, ce dénommé Maout, connaît forcément et mieux que quiconque tous les recoins du château. Bon courage, mon garçon, et tiens-moi quand même au courant de l'évolution de ton enquête ! Parlons maintenant un peu de l'autre affaire. Je n'avais pas de tes nouvelles depuis quelques jours. Où en es-tu de l'enquête sur la noyée de Locquénolé, dont tu t'occupais, avec Arsène, avant cette histoire de disparition au château de Taureau ? Cette vieille commère dont j'ai reçu le cadavre il y a une petite dizaine de jours, la bouche et les yeux remplis de vase et des bigorneaux pointus enfoncés profond dans tous les orifices. Qu'est-ce qu'elle puait de partout, cette vieille crasse ! Elle ne devait pas beaucoup fatiguer sa savonnette ni gaspiller son eau chaude ! Morte par hydrocution, une mort instantanée. Elle a dû couler à pic immédiatement. Elle était maigre et sèche, la peau sur les os, une vieille momie ridée, un vieux parchemin tout craquelé, la vase faïencée d'un étang asséché dans l'été, une vraie peau de cul de rhinocéros ! Elle avait le cœur en très piteux état. Le reste aussi d'ailleurs. Pas assez d'exercice physique et, de toute évidence, une hygiène de vie déplorable. Je n'avais rien de particulier à signaler, une mort naturelle, un simple arrêt cardiaque ; le permis d'inhumer a été signé sans difficulté. Une hydrocution, une mort accidentelle, archibanale en somme. Affaire classée, je suppose ?

— Pas tout à fait justement. Pas beaucoup d'exercice physique, dis-tu ? On dit à Locquénolé qu'elle n'a jamais fait travailler que sa langue ! Elle n'a jamais rien fait de ses dix doigts, à part emmerder le monde entier. La rumeur publique parle de crime, et elle s'était fait tellement d'ennemis que la chose est, finalement, tout à fait plausible. On a aussi le témoignage d'un gamin qui a déclaré avoir vu un homme la pousser à la mer et nous avons fini par y croire quelque peu. On a au moins une indication, il pourrait s'agir d'un homme. À nous donc de démêler s'il s'agit d'un accident, d'un suicide ou alors d'un crime comme nous le suggèrent nombre de ses concitoyens qui la supportaient très mal depuis des années.

— Le patelin est minuscule, tu ne dois pas avoir de mal à trouver quantité de témoins.

— Pas vraiment, ce n'est pas ce qui nous manque, mais notre enquête est en panne, on n'avance guère. Nous en sommes toujours à l'enquête de voisinage et nous faisons, pour ainsi dire, du porte-à-porte. Nous interrogeons inlassablement les habitants de la bourgade qui, heureusement, n'est ni très étendue ni très peuplée. Je crois qu'en superficie, c'est l'un des plus petits patelins de France. Peut-être même le plus petit, mais je n'en suis pas certain, il faudrait vérifier. La victime était tellement mauvaise, a nui à tellement de personnes, s'était fait tellement d'ennemis que les gens ont du mal à croire à un accident ou à un suicide. Quantité d'entre eux la haïssaient et devaient avoir envie de la tuer. Tous disent qu'elle a eu ce qu'elle méritait et beaucoup applaudissent et se réjouissent ouvertement ! C'est même assez étonnant dans une petite commune, une unanimité pareille !

— Je vais te donner un avis tout personnel… Un avis de médecin. Tu sais que j'ai fait plusieurs années de psychiatrie, avant de changer radicalement de spécialité et de me tourner vers la médecine légale. Quand on passe son temps à dire du mal des gens, à harceler ses concitoyens jour et nuit et par tous les moyens possibles, à répandre des rumeurs infectes sur les uns et sur les autres, à fouiller dans leur vie, à scruter dans leurs poubelles, à sonder les bidets et les cuvettes des chiottes, et donc à remuer de la merde inlassablement, quand on en fait son occupation principale et pour ainsi dire le but ultime de sa vie, on ne se suicide pas. Impossible, à mon avis, en tout cas improbable. Il y a là un jeu, une perversion, presque toujours une addiction, et il n'est pas question de renoncer à un tel plaisir. Ces malades-là ne peuvent pas se priver d'une pareille jouissance et s'entretiennent dans une sorte d'orgasme perpétuel. Pour moi, et j'en mettrais volontiers ma main au feu, encore une fois, ce n'est pas un suicide. Ta bonne femme est tombée du quai, elle a pu glisser, accident ou malaise, c'est possible, mais plutôt, à mon avis, quelqu'un l'a aidée à tomber. Ce n'est pas très compliqué, juste une toute petite poussette dans le dos. Regarde, dans le métro à Paris et dans d'autres grandes villes, ces fêlés qui poussent des voyageurs sur les rails, juste à l'arrivée de la rame. Dans la foule, vite fait, un coup sec dans le dos, pas vu pas pris ! Et hop ! On part au galop, profitant de la confusion et de l'affolement du moment. Dans ton affaire, il faisait nuit, et il n'y avait aucun témoin, sauf peut-être ce gamin dont tu m'as parlé, personne dans la pénombre n'a véritablement rien vu ni entendu. Tout est donc possible. Ce n'est pas simple, mais tu trouveras assez facilement le coupable en faisant le tour des victimes de ses propos malveillants.

— Justement, il y en a beaucoup trop ! Je te répète qu'elle empoisonnait la vie de tout le monde à Locquénolé depuis au moins une bonne dizaine d'années et qu'elle avait, semble-t-il, une capacité de nuisance que l'on peut difficilement imaginer ! Avec Arsène, nous avons interrogé une quantité de personnes et il nous en reste autant à rencontrer. J'aurais même dû convoquer la population, à la salle des fêtes par exemple ! Organiser une sorte de meeting. Quelques centaines d'habitants, c'était faisable et j'aurais eu toute la commune sous la main. C'eût été plus commode pour tout le monde ! Nous aurions gagné du temps et épargné quantité d'énergie. Pour à peu près le même résultat. Alors, pour l'instant, on piétine. Je dirais même qu'on pédale dans la semoule ou, si tu préfères, dans la vase du port… Nous n'avançons pas parce que tout le monde nous raconte la même chose. En définitive, je n'ai qu'un seul et unique son de cloche. J'ai rarement été le témoin d'un pareil consensus. Assez étonnante et déroutante, cette enquête. C'est une situation inédite pour moi.

— J'ai relu récemment l'ouvrage du docteur Jean-Charles Bouchoux, un jeune confrère, psychiatre et psychanalyste, sur ce type de pervers et leur univers tout à fait particulier. J'y reconnais tout à fait le profil de ta vieille bonne femme. On ne peut rien face à de pareils personnages, ils n'arrêtent jamais d'empoisonner le monde. C'est plus fort qu'eux. D'après lui, la solution la meilleure, et sans doute la seule, consiste à les ignorer, à feindre de ne pas les voir, ce qui n'est pas simple ni toujours possible. Ils mettent une telle pression sur leur entourage, et bien au-delà, sur tout leur quartier et même sur toute leur commune ! Ce sont des poisons mortels pour leur environnement, une infection absolue ! La solution idéale, évidemment, serait de les retirer de la circulation, de les supprimer en quelque sorte.

— Ta solution est bien radicale, mais plutôt utopique ! Débarrasser la société de tous les poisons, de toutes les pestes, le grand nettoyage, le grand coup de balai, quel rêve et quel vaste programme ! Mais comment s'y prendre pour ignorer l'existence d'une mégère qui vient vous harceler et vous insulter à votre propre porte ou passe sous votre fenêtre dix fois par jour, le nez en l'air, et se livre, face à vous, à toutes les provocations, même les pires, invente et, en plus, colporte les propos les plus dégueulasses ? Ce n'est pas transparent, un animal pareil, qui fabrique à jet continu des rumeurs, des calomnies et des diffamations. C'est pesant et très difficile à supporter, une pareille présence. Pour finir, tu crois sérieusement que quelqu'un aurait pu l'aider à tomber à l'eau, juste une petite bourrade amicale dans le dos ?

— J'en ai l'intuition. Je crois ferme à la petite poussette dans le dos ou même, pourquoi pas, au bon coup de pied tout en bas du dos ! Je le pense à cause de sa mort par hydrocution. L'eau n'est quand même pas si froide en cette saison, donc il faut tenir surtout compte du saisissement et du brusque changement de température. Mais, évidemment, c'est à toi et à ton petit groupe de faire la lumière là-dessus et de démasquer le ou la coupable. Je reste persuadé que quelqu'un aura profité de l'obscurité pour la pousser à l'eau. L'eau, fraîche quand même, ce soir-là, surtout quand on est surpris, et la peur ont fait le reste. De toute façon, je te le répète, elle était en très mauvais état général. Elle n'en avait plus pour très longtemps.

— Peut-être, mais c'est coriace, ces animaux-là ! La méchanceté et la malveillance leur donnent du tonus, les dopent et les maintiennent en vie. Une vraie drogue, une drogue dure même ! Le problème, je te le répète, est qu'à peu près tous les habitants de la commune, et même sans doute au-delà, pouvaient avoir des raisons de souhaiter s'en débarrasser. Et même d'y trouver un infini plaisir. L'un d'entre eux sera passé à l'acte, mais lequel ? C'est ce qu'il nous reste à découvrir… Simple en apparence, mais pas si facile ! J'ai parfois l'impression que le coupable va venir de lui-même se dénoncer et se livrer à la police, porté en triomphe sur les épaules de ses concitoyens reconnaissants. Ils finiront peut-être même par tirer le coupable à la courte paille, puis ils feront dresser, en son honneur, une grande statue en bronze au centre de la place du village, face à l'entrée principale de la mairie…

J'invitai Michel à déjeuner dans un petit restaurant de la rue Ange de Guernisac où j'avais, depuis des années, quelques habitudes de célibataire. Il fouilla et picora distraitement dans une salade niçoise, les yeux dans le vague, la mine désabusée, jouant machinalement à faire rouler sur la table le noyau d'une olive, le poussant du bout d'un doigt, puis le faisant revenir vers lui, fermé à toute discussion amicale et le front buté. Il avait perdu son entrain et son humour habituels. Je ne pouvais, hélas, rien faire pour mon ami. Je n'avais que de pauvres mots, sans portée aucune, face à une pareille détresse. Il avait trop mal, il touchait le fond, et j'en étais secrètement mortifié. Il n'était plus là, il ne voulait plus me parler, il ne voulait pas me voir, moi ni personne. J'en étais malade. Toute une vie s'en allait, et, d'une certaine façon, ma vie aussi. Et je me demandais, malheureux et désarmé, comment on avait pu jouer à détruire ainsi un tel homme, si généreux, si intelligent et si bon, mon ami de toujours. Un homme absolument sans défense. Je ne pouvais pas comprendre. J'en étais inconsolé et malade, un peu révolté et haineux aussi devant un pareil gâchis. Des sentiments qui ne me ressemblaient pas tellement. J'avais même du mal à me reconnaître.

X

Ce matin-là avait lieu l'enterrement de Xavier Delarue. L'assemblée funèbre se réunissait au cimetière Saint-Charles à Morlaix devant un caveau ouvert, sans doute le caveau de la lointaine famille du défunt. Nous étions, Joana et moi, largement en avance. En attendant l'arrivée du fourgon mortuaire, je décidai de marcher un peu dans les allées et de rendre visite à la tombe du peintre Paul Sérusier dont j'étais, depuis toujours, un fervent admirateur. Joana m'avait suivi.

Je la conduisis à la tombe dont je connaissais très exactement l'emplacement. Un monument de granit gris d'Huelgoat, surmonté d'une stèle supportant un buste en bronze du peintre, les cheveux longs, séparés par une raie médiane, une longue barbe de prophète et des yeux profondément tournés vers l'intérieur.

— Il habitait Châteauneuf-du-Faou. Sa femme avait été admise à l'asile psychiatrique de Morlaix, et le peintre a été renversé par une voiture alors qu'il était venu lui rendre visite. Ou avait eu un malaise dans la rue, je ne sais plus trop bien. Il va falloir que je vérifie ce soir. Il avait fait le vœu, que sa famille respecta, d'être inhumé dans la localité où il viendrait à mourir. Le peintre Maurice Denis, son élève et ami, dessina le plan du monument et Georges Lacombe, sculpteur nabi, a réalisé ce buste.

— Nabi ?

— Oui, lui et une vingtaine d'amis, peintres et sculpteurs, avaient fondé un mouvement artistique : les Nabis. C'est un mot hébreu qui signifie prophète, autrement dit un homme habité par l'inspiration.

— Quelle passion pour la peinture !

— Oui, Joana, dans une autre vie, j'aurais aimé être peintre ou écrivain…

— Tu n'es pas trop tard, tu seras retraité dans peu d'années. Tu pourras sacrifier à tes passions…

— Il sera un peu tard.

— Je commence à te connaître. Avec toi, il ne sera jamais trop tard.

Un fourgon gris souris passa la grille du cimetière. Nous traversâmes le cimetière en pressant le pas. Des hommes en costume sombre, l'air faussement compassé, descendirent du fourgon quelques bouquets de fleurs, puis firent glisser le cercueil qu'ils posèrent sur des tréteaux, face au caveau ouvert. Les jeunes, en cercle, gardaient la tête basse, certains reniflaient. Tous cherchaient à se donner une contenance. Leurs hommages étaient émouvants et maladroits. Ils arrivaient, le papier à la main, avaient le début assez ferme de ceux qui se sont longtemps exhorté au courage, puis brusquement, leurs voix se brisaient et repartaient parfois en hésitations et en bredouillements. De toute évidence, ces jeunes faisaient pour la première fois l'expérience de la mort d'un ami. Le soleil, haut et brûlant, qui passait au-dessus des immeubles de la Boissière et les moineaux qui pépiaient dans les arbres du cimetière rendaient la scène quelque peu irréelle. Les chemisettes des garçons étaient largement ouvertes et les filles portaient des robes colorées, courtes et légères.

La mort avait quelque chose d'étrange et de saugrenu dans la chaleur de ce milieu d'été. Je remarquai un jeune homme qui se tenait deux ou trois pas derrière Marion, au premier rang d'un groupe de garçons et de filles, et ne la quittait pas des yeux. Un regard fixe et inquiet. Comme un regard de propriétaire. Il détourna la tête brusquement quand il croisa mon regard.

Marion Sénéchal s'avança à son tour, et prit la parole. Elle me paraissait avoir sincèrement de la peine. Joana n'était pas de cet avis et me glissa à l'oreille que la belle esthéticienne aux cheveux roses avait des dons assez stupéfiants de comédienne.

— Tu as vu sa petite robe bleue ultracourte ! Sexy sexy ! Elle ne restera pas longtemps seule…

— À mon avis, elle n'est déjà pas seule. Elle ne l'a jamais été. Que penses-tu de son petit discours ?

— Bizarre. Un point de vue original et plutôt déroutant. Une sorte de renversement du propos habituel. Elle ne déplorait pas la mort de Xavier. Curieusement, elle semblait reprocher à son compagnon décédé de l'avoir abandonnée et de l'avoir laissée toute seule, démunie et désemparée. Laissée sans ressources surtout et donc à plaindre. En somme : « Que vais-je devenir maintenant que tu m'as quittée ? » C'est assez gonflé, à mon avis. J'ai assisté à un certain nombre de cérémonies de cette nature, mais je n'ai jamais entendu un propos semblable.

— Décidément, cette fille nous étonne, et je crois que nous ne sommes pas au bout de nos surprises.

Après les prises de parole et un peu de musique, chaque participant était invité à s'avancer et à déposer des pétales de rose sur le cercueil. Puis tous s'éloignèrent en traînant les pieds sur le gravier des allées. Ce que nous fîmes comme tous les autres.

Vint le dimanche suivant. Mes collègues avaient

chacun leur occupation. Arsène participait à l'encadrement d'un tournoi de jeunes footballeurs à Guerlesquin. Les jeunes mariés, Joana et Guy, faisaient de la tapisserie et de la peinture dans leur nouvelle maison de Plestin en pleins travaux d'aménagement. J'avais, pour ma part, décidé de naviguer en baie de Morlaix, sans perdre de vue mon enquête sur le disparu du Taureau. J'avais laissé mon propre bateau à Roscoff. J'y avais acheté, quelques semaines auparavant, une petite maison au bord de la mer, près de l'ancien cimetière du Vile, avec une vue superbe sur l'île de Batz. Mais elle était en très mauvais état et j'avais beaucoup de travail en perspective, j'allais avoir de quoi m'occuper ces prochains mois, sans doute même ces prochaines années J'avais signé un compromis de vente pour ma maison de la rue Sainte-Marthe et je préparais mon déménagement. J'avais encore le temps Je remplissais quelques cartons chaque soir, surtout des cartons de livres. J'empruntais donc le vieux gréement de Jean-Marie. Je connaissais bien ce bateau, un peu lourd et mal toilé, mais que je manœuvrais sans trop de difficultés. Je menais cette enquête un peu en franc-tireur. J'en avais conscience, mais cela ne me gênait nullement. Je le répète, j'étais dans mon élément. La mer était calme, le vent faible et je me laissais porter et bercer par les mouvements du bateau.

La présence d'un groupe de jeunes sur l'île Noire, auprès de la tour carrée du phare, habituellement déserte, suscita ma curiosité. Assis sur le mur, les pieds ballants au-dessus de l'eau, ils écoutaient de la musique et me regardaient, amusés et curieux, abattre la voile, mettre le bateau à l'ancre et descendre dans l'eau jusqu'à la taille. Il était difficile de leur parler dans le ronflement et le halètement de l'éolienne. Il fallait presque crier pour se faire entendre. Je me présentai, expliquant, sans donner trop de détails, que je m'offrais une promenade en mer et que j'en profitais pour me renseigner sur la disparition d'un jeune homme qui n'avait pas rejoint son domicile après une visite au château du Taureau. En somme, que je menais une enquête de routine, dans l'intérêt des familles. Ils se présentèrent à leur tour et me parurent bien sympathiques. Ils étaient quatre, trois garçons et une fille, animateurs d'une radio éphémère, Radio Brinic, qui émettait l'été, durant une dizaine de jours.

— Vous êtes là depuis longtemps ?

— Depuis le début de la semaine, l'île est notre base cette année. L'an dernier, nous avions loué un voilier, mais cette année nous n'avons pas obtenu les subventions sur lesquelles nous comptions. Nous n'avions plus le budget… restrictions, restrictions… il a fallu renoncer au bateau ! Les Phares et Balises nous ont gracieusement prêté pour quelques jours l'appartement situé au rez-de-chaussée du phare. Ce n'est pas très confortable, c'est assez humide, ça sent le renfermé, les goélands braillent jour et nuit et nous chient sur la tête dès qu'on met un pied dehors, l'éolienne fait un bazar du diable, mais on s'y habitue. On y est même bien. Nous sommes de parfaits petits Robinson…

— Avez-vous vu quelque chose tard dans la soirée du 13 juillet ou la nuit suivante ? C'était la nuit du lundi au mardi.

Ils réfléchirent. Mais personne n'avait rien vu. Tous dormaient après une journée de reportage et d'interviews épuisante. Et aussi une petite fête un peu arrosée le soir.

— Et toi, Pénélope, tu as vu quelque chose, toi ?

Un grand garçon brun s'adressait à une fille rousse en robe indienne, maigre à faire peur et le visage picoté d'une quantité de taches de rousseur.

— Non, je n'ai rien vu de particulier, j'étais fatiguée et je suis allée au lit assez tôt. Mais toi, Bruno, il me semble que tu ne voulais pas te coucher et que tu es sorti ce soir-là… Tu as peut-être vu quelque chose en allant ou en revenant du Kelenn dans ton kayak…

Je reconnus le personnage Je l'avais déjà vu à l'enterrement de Xavier. Grand, blond, le regard fuyant. C'est ce jeune homme qui ne quittait pas Marion Sénéchal des yeux durant la cérémonie. Il m'avait évidemment reconnu et ma présence semblait le gêner. Bizarrement, je le sentais sur ses gardes, comme s'il avait quelque chose à se reprocher.

En désordre absolu sur la petite cale bétonnée qui menait au phare, il y avait une quantité de matériel de pêche et de plongée, auprès d'un kayak jaune. Un gilet orange et un bonnet de laine rouge et bleu séchaient sur le muretin.

Une très grosse barre de fer à béton torsadé, dont la présence me semblait incongrue, traînait auprès du kayak.

— Oui, je suis sorti, j'ai pris mon kayak et je suis allé au Kelenn boire un verre au Café de la Plage. je n'y suis pas resté bien longtemps car je suis arrivé presque à l'heure de la fermeture. Il a fallu que je fasse vite. J'ai été mis à la porte à une heure pétante, le patron craignait sans doute une descente des gendarmes. J'ai repris la mer et je suis revenu à l'Île Noire.

— Et ensuite ?

— Je me suis couché, j'étais quand même fatigué. À mon retour de Carantec, la mer descendait, le coefficient de marée était encore élevé, et j'ai dû lutter ferme contre le courant qui est très violent au niveau de la pointe de Penn Lann et dans le chenal du Taureau. Par moments, j'avais plus l'impression de reculer que d'avancer.

— Vous n'avez rien remarqué de particulier ?

— Vous savez, à cette heure-là, il n'y a pas grand monde sur la mer. Je n'ai croisé personne, mais j'ai vu à l'aller qu'il y avait de la lumière dans la petite maison de l'île Louët. Il doit y avoir des gens qui y passent des vacances… Mais je n'ai vu personne sur ce rocher. Ils devaient être à l'intérieur de la maison. Au retour, tout était éteint. Par contre, plus tard dans la nuit, je suis sorti pour pisser. La bière du Kelenn certainement…

— À quelle heure ?

— Vers trois heures et demie en gros, quatre heures maximum, car je n'ai pas regardé ma montre. Et là, mon attention a été attirée par des voix, plutôt des cris. Je suis passé de l'autre côté du phare et j'ai vu un zodiac au débarcadère du château du Taureau. Un grand semi-rigide.

— Quelle couleur ?

— Pas facile à dire, mais dans les éclats du phare de la Lande on le voyait assez bien, la nuit était éclairée par la lune en plus. Il n'était pas noir, je dirais plutôt rouge. Rouge brique peut-être ou alors rouge orange… Il y avait plusieurs personnes autour, on entendait des voix d'hommes et de femmes. Tout un groupe même. J'ai l'impression qu'ils étaient en java, ils criaient fort, ils rigolaient et leurs voix portaient loin sur la mer. Des voix de gens excités ou qui ont beaucoup bu.

— Vous avez entendu ce qu'ils disaient ?

— Non, pas distinctement, il faut dire que je n'y ai pas fait vraiment attention. Je peux seulement dire qu'ils braillaient. Des voix d'ivrognes. Des fêtards. J'étais pressé de retourner au lit, j'étais à poil, je commençais à avoir froid. Il y avait un orage de mer qui roulait et grondait de tous les côtés à la fois et la pluie commençait à tomber à grosses gouttes.

— Qu'avez-vous fait ensuite ?

— Je me suis recouché, évidemment, et avant de me rendormir, j'ai entendu le zodiac repartir à fond vers Térénez.

— Vers Térénez ? Vous êtes sûr ?

— Tout à fait certain, la fenêtre de la chambre au rez-de-chaussée du phare, donne côté nord. Elle était ouverte. Pas de doute, ils sont partis dans la direction de Stérec et de Térénez. De mon lit, j'ai entendu le bruit du moteur s'éloigner vers la droite. Ils ne sont pas restés longtemps au Taureau. À peine un gros quart d'heure. Je ne sais pas ce qu'ils y sont allés faire. Je vous l'ai dit, ils avaient l'air d'être en piste et déjà bien allumés.

Cette affaire de zodiac rouge au Taureau à cette heure-là ne me semblait guère avoir beaucoup d'intérêt pour mon enquête. Des gens en fête qui s'amusaient à se promener sur la mer pendant la nuit. Des fêtards qui cherchaient à tuer le temps et à se donner des sensations fortes. Une occupation somme toute banale en plein cœur de l'été. Nous allions cependant opérer les nécessaires vérifications de routine.

XI

Il était à peine plus de cinq heures du matin. J'avais décidé de m'offrir une promenade à Carantec. Je voulais marcher en admirant le soleil levant et aussi trottiner un peu. Je reprenais en effet le footing après toute une période de tendinite du talon d'Achille qui m'avait contraint au repos. J'avais laissé ma voiture sur le petit parking de la pointe du Cosmeur et pris le sentier côtier qui va vers Penn Lann à travers un bouquet de vieux pins brûlés par les embruns et torturés par le vent marin et dont les racines serpentaient au sol. Je passai devant la plage de Tahiti, où de petites vagues venaient doucement mourir sur le sable. Tout était calme et j'étais comme seul au monde. L'air était frais, je respirais l'odeur de la terre mouillée et de la sève de pin. Je m'arrêtai auprès de l'amer blanc qui se dresse à la pointe et m'assis sur un rocher. J'avais devant moi l'île Louët, le château du Taureau et toutes les îles de la baie. Horace s'était blotti sous mon coupe-vent d'où ne dépassait que son petit museau noir de hérisson. À l'est, vers Térénez et le Diben le jour pointait dans les tons roses, ocre et indigo. Je n'avais ce matin-là aucune autre envie que de regarder la mer et je laissai mon regard errer sur sa surface et vagabonder d'une île à l'autre. L'île Louët, juste en face de moi, résonnait du cri des goélands déjà réveillés sur le sommet du rocher. Le soleil émergeait derrière les collines de Plougasnou et sa boule rouge allumait les vieilles pierres du Taureau de lueurs d'incendie. Je réfléchissais à notre enquête sur la disparition inexplicable de ce jeune homme dans l'antique forteresse qui se dressait sous mes yeux, à quelques centaines de mètres, toute rose maintenant dans les premiers rayons du soleil. Je me disais qu'il fallait nécessairement disposer d'une embarcation quelconque pour se rendre au Taureau, que l'assassin de Xavier Delarue y était allé en bateau. Nécessairement. C'était là un point essentiel de l'enquête. Qui avait, d'un endroit quelconque de la côte, vu un ou plusieurs bateaux circuler cette nuit-là ? Je regardais la mer devant moi… Je me souvins alors que l'île Louët était désormais louée à des touristes. Pour des périodes de deux jours. Je me disais donc que les locataires avaient peut-être vu quelque chose, ce fameux soir où Xavier Delarue avait disparu et je décidai d'aller me renseigner auprès de l'Office de Tourisme pour savoir qui y séjournait à cette date. À neuf heures, je rangeai ma voiture sous le porche monumental auprès de l'église. Je n'avais que quelques pas à faire. Une jeune femme blonde m'accueillit d'un joli sourire. Elle ne me laissa même pas le temps d'exposer jusqu'au bout l'objet de ma visite.

— Tout est loué depuis longtemps pour cette année, la chose a été réglée en dix minutes sur Internet et tous les créneaux sont pris. Nous avons même une longue liste d'attente et, à ce jour, aucune défection annoncée. Maintenant, il vous faut attendre 2017 et vous aurez même intérêt à faire vite dès que la date d'ouverture de la location sera arrêtée.

— Je ne viens pas pour une location, je viens juste pour quelques renseignements.

J'avais lu dans la presse et vu sur Internet les modalités de location de la petite île et je n'avais aucune envie de perdre mon temps à parlementer. Je lui présentai ma carte de police et lui demandai de me fournir l'identité des locataires de l'île, les 13 et 14 juillet.

— Elle pianota sur son ordinateur. Un couple avec trois enfants et un couple sans enfant dont elle me communiqua les noms et les adresses. L'un des couples habitait Brest, Éric et Myriam Le Gall, parents des trois enfants, l'autre Lesneven, Hervé et Gisèle Gonidec, le couple sans enfants. Le jour même, je pris contact par téléphone avec ces derniers. Madame Gonidec me répondit. Je lui expliquai que j'enquêtais sur la disparition d'un jeune homme au château du Taureau, précisément le soir où elle séjournait sur l'île Louët. Elle était professeure des écoles, donc en vacances, et accepta de nous rencontrer le lendemain.

— Venez en fin de matinée, mon mari ne sera pas là, il travaille à Brest et ne rentre à la maison que vers dix-huit heures. Parfois plus tard, car il reste souvent discuter avec ses copains. Nous pourrons bavarder tranquillement.

Gisèle Gonidec habitait à Lesneven un pavillon récent, clos d'une haie vive, dans un petit lotissement au bord de la route de Goulven.

— Nous avions loué pour deux jours. C'est d'ailleurs le maximum possible. Le week-end des 13 et 14 juillet. Nous étions sept, deux couples et trois enfants, les enfants d'Éric, mon beau-frère, et de ma belle-sœur, Myriam. Deux filles et un garçon. Treize, onze et sept ans. Éric, Myriam et ses enfants dormaient dans la maison. Mon mari et moi dormions dans l'ancien atelier du gardien du phare. Mon mari est allé se coucher tôt. Il avait beaucoup bu ce soir-là. À l'apéritif, ensuite autour du barbecue, puis à table. D'ailleurs, cela arrive maintenant trop souvent, malgré mes mises en garde et celles de son médecin. Quand il commence, il ne sait pas s'arrêter. Ma belle-sœur aussi était partie se coucher. Elle avait prétexté une grosse fatigue. La faute à l'air marin, disait-elle. Je suis restée seule avec Éric, mon beau-frère. Nous sommes sortis dans la nuit et montés fumer une cigarette au sommet du rocher derrière la maison, juste au-dessus du phare qui jetait ses éclats au-dessous de nous. C'était magique, cette lumière verte sur la mer. La nuit était douce. Je me souviens du chant d'un grillon dans l'herbe auprès de nous. Je me sentais bien avec Éric. Je l'ai toujours préféré à mon mari, j'aurais aimé l'épouser, mais la vie en a décidé autrement. À cette époque, il avait une autre femme en tête, ce n'est d'ailleurs pas celle qu'il a épousée, hélas pour lui ! Aujourd'hui, s'il n'y avait pas ses enfants, Éric et moi… Pourquoi vous le cacher, j'ai toujours été très amoureuse de lui. Il est tellement différent de son frère. Et je suis certaine que c'est réciproque. Il est tendre et délicat. Surtout comparé à Jean-Luc, mon ivrogne de mari, qui ne m'approche presque plus ou alors rarement, mais de quelle manière et souvent dans quel état ! Il me dégoûte. Cette nuit-là, Éric et moi, on s'est assis sur l'herbe tout au sommet de l'île, près de la croix d'abord, puis juste sous la lanterne du phare. C'était merveilleux, c'était magnifique. Nous nous amusions à compter les phares à la ronde. Éric en trouvait sept, alors que je n'en trouvais que six. On a compté et recompté, mais nous ne tombions jamais d'accord. On s'amusait aussi à compter les éclats de ces phares, mais là encore, nous ne trouvions jamais le même nombre ni les mêmes fréquences. J'étais nulle pour ces calculs, je m'emmêlais dans les fréquences et les secondes. Puis Éric m'a doucement poussée en arrière, je n'ai même pas songé à résister une seconde, et nous nous sommes allongés l'un contre l'autre, puis l'un sur l'autre. Je suppose qu'il n'est pas nécessaire que je vous évoque la suite…

— Pas vraiment, Madame, nous sommes de grandes personnes et, comme on le dit couramment, majeures et vaccinées. Cela ne concerne que vous et votre beau-frère. Ce qui, par contre, nous intéresse grandement, c'est de savoir si vous avez remarqué quelque chose cette nuit-là, un passage de bateau par exemple… Tout nous intéresse et le moindre détail, même le plus insignifiant pour vous, peut nous être utile.

— Vous savez, nous n'étions pas tellement occupés à regarder autour de nous, et pour tout vous dire, j'aurais sûrement eu du mal à me redresser pour regarder passer un bateau. Le plus gros paquebot du monde aurait pu passer au pied de l'île, je n'aurais même pas relevé la tête car j'étais plutôt serrée et coincée… Éric non plus n'avait pas trop envie de contempler le paysage. Pour une fois qu'on se trouvait enfin seuls et tranquilles… Plus tard, bien après, on s'est assis, l'un contre l'autre, pour fumer une cigarette et on a recommencé à compter les phares. La lune était presque pleine et quand elle n'était pas cachée sous les nuages, on y voyait presque comme en plein jour. On a vu passer un zodiac noir et, plus tard, un kayak. Mais dans quel ordre ? Je ne suis plus très sûre. Non, je me trompe, c'est plutôt l'inverse, le kayak d'abord, puis un bon moment après, le zodiac. Il faudrait demander à Éric. Je peux vous donner le numéro de son portable, si vous le souhaitez. On les a bien vus dans la lumière du phare. La nuit était claire et l'on voyait assez bien sur la mer. En plus, ils sont passés tout à côté de l'île, juste au pied du rocher.

— Quelle heure était-il pour le kayak ?

— C'est dur à dire, environ minuit, peut-être un peu plus. Je n'étais pas très préoccupée par l'heure. Je dois même dire que je m'en fichais un peu. J'étais bien, j'étais heureuse, je ne souciais pas du reste. Le monde entier aurait pu s'écrouler, cela m'était devenu indifférent.

— D'où venait ce kayak ?

— Je crois qu'il venait de la direction du château du Taureau.

— Vous êtes sûre ? Ne venait-il pas plutôt de l'intérieur de la baie ?

— Je ne sais pas. Je ne connais pas très bien le coin car nous n'étions là que depuis un seul jour, nous n'avions pas bougé de Louët, et nous sommes repartis dès le lendemain en début de soirée. Un bateau du club de voile de Carantec est venu nous chercher, le même qui nous avait déposé sur l'île, la veille au matin.

— Comment était ce kayak ?

— Un kayak jaune, grand et long, à deux places, mais avec un seul gars dedans. Il portait une brassière orange. Il m'a donné l'impression d'être plutôt jeune, je dirais un jeune homme d'une vingtaine d'années. Il était assis, évidemment, mais à mon avis, juste une impression, il devait être grand. J'ai remarqué aussi un détail, un petit détail, je ne sais pas, je vous le dis quand même. Il portait un bonnet.

— Quel genre de bonnet, précisez, si c'est possible…

— Un bonnet comme en portent certains enfants et qui ont toutes les couleurs. Évidemment, je n'ai pas bien vu les couleurs, ce soir-là. Un bonnet à oreilles. Rouge, peut-être. Ou des couleurs mélangées. J'ai bien reconnu la forme. Il y a les mêmes sur la pochette d'un vieux disque que j'ai là, dans le bas du meuble.

Elle allait se lever, mais Joana réagit aussitôt.

— Ne vous dérangez pas, madame Gonidec, j'ai compris. C'est sans doute un disque de musique des Andes, sans doute de la flûte, et le bonnet est un bonnet du genre péruvien…

— Oui, c'est bien ça. Au marché de Noël à Brest, presque toutes les boutiques en vendaient et ces bonnets me font toujours penser à la foule, au vin chaud, aux marrons et au nougat ! Le bonnet du jeune homme n'était pas lacé et les cordons flottaient au vent quand il pagayait. Je crois qu'il y avait des pompons au bout des cordons. Il semblait pressé. Je ne sais pas où il pouvait aller à cette heure-là. Sans doute un sportif qui n'avait pas le temps de s'entraîner dans la journée et qui se rattrapait la nuit…

— Vous n'avez pas vu ce kayak repasser ?

— Non, je n'ai pas fait attention. Puis, plus tard, on a vu passer un zodiac.

— Beaucoup plus tard ?

— Je ne sais pas trop. Environ une heure.

— D'où venait à votre avis, ce zodiac ? J'insiste, Madame, c'est très important. Pensez-vous qu'il venait de la direction du château de Taureau ?

— Je ne sais pas trop, peut-être, je vous rappelle que nous n'étions pas sans arrêt occupés à regarder la mer. Nous avions autre chose à faire. C'est le bruit du moteur qui nous a fait relever la tête. Il venait de la gauche et se dirigeait vers Carantec. Il est passé au ras de la côte et son pilote semblait bien connaître les lieux. Il a disparu derrière le grand rocher, à droite, vers le Kelenn. Une petite île avec une cabane en ciment dessus.

— La Poudrière, ainsi appelée parce qu'on y stockait la poudre pour le château du Taureau, face à la plage de Tahiti qui était, il y a quelques années, la plage des nudistes à Carantec. C'est du moins ce qu'on raconte, je ne suis pas allé vérifier. J'insiste encore et lourdement, madame Gonidec, pensez-vous que ce zodiac aussi pouvait venir du château du Taureau ?

— Je n'en sais rien, c'est possible, le château se trouve dans cette direction. Du Taureau ou de la baie, ce n'est pas facile à dire. Et nous étions, comment dire, plutôt occupés. Nous attendions cela depuis si longtemps ! Mon beau-frère…

— Parlez-moi plutôt de ce zodiac. Quelle couleur avait-il ?

— Je dirais qu'il était noir. Sombre en tout cas.

— La taille ?

— Je n'y connais pas grand-chose. Ni très grand ni petit.

— Pas de signes distinctifs ? Un détail que vous auriez pu remarquer.

— Je n'ai rien vu de particulier. Je vous répète que je ne connais rien aux choses de la mer.

— Combien y avait-il de personnes à bord ?

— Une seule. Un homme plutôt grand, très grand même, debout à l'arrière. Il portait un ciré jaune et un bonnet ou un chapeau sur la tête. Plutôt un bonnet de laine, je crois. Enfoncé sur les oreilles. Il y avait aussi un chien. Il était dressé à l'avant du bateau, les pattes de devant appuyées sur le boudin. J'ai déjà vu des chiens de pêcheurs dans cette position. Ils savent se maintenir en équilibre car ils ont l'habitude d'aller en bateau.

— Quelle race de chien ? Le genre berger ?

— Non, plutôt un chien de chasse.

— Un épagneul breton ?

— Non, cette race, je connais. Trop petit ! Un plus grand, plus haut sur pattes.

— Un setter ?

— Oui c'est plutôt ça.

— Quelle couleur ?

— Blanc.

Un bateau, venant du Taureau, est obligé, à certaines heures de marée basse, de contourner le piquet de la roche du Picher, pour prendre la direction de Carantec. Ainsi, pour un observateur posté sur l'île Louët, il est impossible de savoir si le bateau vient de la baie ou du chenal du Taureau. Je me basais sur ma connaissance personnelle et très précise des lieux. Il allait falloir que je vérifie la hauteur de la marée, ce jour-là, aux environs de minuit, une heure du matin.

— Je me souviens que Myriam, ma belle-sœur, est allée se coucher vers vingt-trois heures. Éric et moi sommes montés sur le rocher peu après. C'était donc un peu avant. Une chose me revient tout d'un coup. Nous avions mangé dehors, on avait fait griller des saucisses et des côtes de porc sur le barbecue. J'étais debout et je débarrassais la table, je ramenais la vaisselle sale dans la maison. J'ai donc fait plusieurs voyages de la terrasse à la cuisine. Les hommes étaient encore à table, fumaient et finissaient leurs verres. Nous avons vu une femme qui pagayait debout sur une planche et se dirigeait vers le large. Elle est passée entre l'île et le château du Taureau. Une combinaison noire et brillante, comme une peau de requin. Cela nous a beaucoup étonnés. Nous nous demandions où elle pouvait bien aller à cette heure-là.

— Une planche à cet endroit et à pareille heure !

— Nous l'avons vue arriver de la pointe de Penn Lann, sur notre gauche, presque en face de la maison.

— Vous êtes sûre qu'il s'agissait d'une femme ?

— J'en suis à peu près certaine. Enfin, je crois, question de silhouette. Dans la lumière du phare, j'ai vu qu'elle avait des cheveux qui lui tombaient sur les épaules. La cagoule de la combinaison reposait en arrière, sur sa nuque. C'était bien une femme. Aucun doute là-dessus !

— Vous l'avez vue revenir ?

— Non, j'étais dans la maison, occupée à faire la vaisselle pendant que ma belle-sœur couchait ses enfants. Elle a dû se coucher assez vite, elle aussi. Et puis je ne faisais pas attention tout le temps, je ne passais quand même pas tout mon temps à regarder la mer.

— Vous vous êtes couchés tard ?

— Oui, très tard. Vers trois heures du matin. Nous étions bien ensemble et nous n'avions aucune envie de rentrer nous mettre au lit. Mais nous commencions à avoir froid. Le tonnerre grondait du côté de Saint-Pol. Je n'aime pas ça. J'ai peur, surtout des éclairs. Un gros orage qui a éclaté un peu plus tard. La pluie s'est mise à tomber et nous a obligés à rentrer dans la maison et à aller nous mettre chacun dans notre lit. C'est bien dommage ! Mettez-vous à ma place, j'ai été obligée d'aller me coucher dans la cabane du gardien, auprès de mon mari qui ronflait, bouche ouverte, et puait la vinasse. Il me répugnait. Tournée vers le mur, me préservant de l'haleine de mon mari, j'ai longtemps écouté la pluie tambouriner sur le toit, heureuse et apaisée. Je réfléchissais ou plutôt je rêvais à ma vie future. Nous allions, Éric et moi, devoir prendre assez rapidement des décisions graves et lourdes de conséquences. Je n'allais plus pouvoir vivre sans lui très longtemps. Cette nuit-là, sur le rocher de l'île, je venais de décider de ma vie future.

Nous avons pris congé de Gisèle Gonidec en la remerciant chaleureusement de son témoignage, lui assurant que ses observations nous seraient infiniment précieuses et feraient certainement progresser notre enquête. J'avais demandé à Joana de prendre la route côtière par Plouescat et Saint-Pol-de-Léon. Ce paysage qui m'était familier m'aiderait à réfléchir. Je récapitulais mentalement ce que nous venions d'apprendre. Trois personnes étaient passées devant l'île Louët, cette nuit-là. D'abord, en début de nuit, une femme qui faisait du paddle et se dirigeait vers le large, peut-être vers le château du Taureau, ensuite, un jeune homme dans un kayak jaune qui se dirigeait vers Carantec et, pour finir, un homme dans un zodiac noir, accompagné d'un chien, probablement un setter, et qui allait aussi vers Carantec. Au retour, dans la voiture, Joana y alla, comme à son habitude, de son petit commentaire acéré :

— Pas de quoi en faire toute une histoire, c'est même tristement banal. Drôle de famille tout de même et quel micmac ! Les femmes sont folles ! Elle a profité du fait que son mari ronflait avec sa cuite, pour s'envoyer en l'air avec son beau-frère préféré et bien-aimé depuis toujours. Ils ont passé une bonne partie de la nuit à baiser à même le rocher. Ils ont dû se donner du bon temps, là-haut sur leur caillou ! Il ne faut donc pas trop leur demander des témoignages fiables. Tu vois bien qu'elle n'était même plus très sûre de l'ordre de passage du kayak et du zodiac. Ils avaient bien autre chose à faire et n'ont pas dû voir grand-chose autour d'eux… Pas très confortable tout de même, leur petit nid d'amour ! Elle a dû se prendre mal au dos… Pas de chance pour eux, l'orage est arrivé et a mis fin à leur petite fête du cul.

— Rassure-toi quand même, Joana, ils n'étaient pas couchés à même le rocher, car il y a de la végétation sur l'île et un petit espace d'herbe et de mousse tout au sommet. Environ la taille d'un grand lit. Avec de grandes touffes de fleurs roses d'armérie maritime. Tout juste quelques mètres carrés. C'est moelleux et douillet, mais quand même plutôt exposé au vent.

— Ah ça, Monsieur connaît décidément tous les petits nids d'amour de la région ! Il a, de toute évidence, déjà fréquenté l'endroit, peut-être même à quantité de reprises… Là, vraiment, tu m'intéresses ! Raconte, ça nous changera un peu les idées, et surtout n'omets aucun détail…

— Oui, au fil des années, et depuis longtemps, je suis monté plusieurs fois au sommet de ce rocher, à des périodes différentes de ma vie d'ailleurs, mais pas pour ce que tu peux imaginer…

— Je n'ai ni besoin ni envie de faire trop d'effort d'imagination. Que peut-on faire d'autre sur ce caillou désert et battu par les vents ?

— Observer les oiseaux de mer, compter les œufs des goélands et les stériliser par la même occasion ! Admirer le soleil levant, le soleil couchant, ou encore, la nuit, le tournoiement du phare sur la mer et ses éclats de lumière émeraude. Ou rien du tout, seulement regarder la mer et la regarder encore, inlassablement. Ne pas penser, ne rien dire, ne rien faire. Juste regarder devant moi. Je suis capable de passer ainsi des journées et même des nuits entières. Tu manques absolument de romantisme…

— Tu me prends vraiment pour une demeurée ! Compter des œufs de goéland ! N'importe quoi ! Pourquoi pas chercher des trèfles à quatre feuilles ou pourchasser les coccinelles ?

Joana conduisait lentement et je laissais vagabonder mes pensées. Nous passions devant Locquénolé. La grève, à marée basse, brillait au soleil et quantité d'oiseaux de mer fouillaient la vase sur le bord du chenal. En face, le château de Trodibon et les maisons du Dourduff toutes blanches, serrées les unes contre les autres.

— Où en est Arsène dans son enquête sur la noyée de Locqué ?

— Il se donne bien du mal, mais il n'avance guère.

— Cette affaire paraissait pourtant simple au premier abord.

— Pas vraiment. Tout le monde à Locquénolé voulait supprimer cette femme, ce qui fait à peu près cinq cents personnes, si l'on excepte les tout jeunes enfants et les vieillards grabataires. Et encore, même eux… Ce qui me paraissait simple au départ est devenu sacrément compliqué. Parce que, justement, trop facile en apparence. Mais je laisse Arsène s'en occuper et je lui fais confiance. Il s'amuse bien avec un copain d'école qu'il a retrouvé et, à force de fouiner partout, il finira par dénicher le coupable, si du moins il existe. Par contre, dans l'affaire de notre disparu du Taureau, je sens que, cette fois-ci, nous tenons enfin une piste sérieuse.

— Tu penses évidemment au kayak jaune ?

— Oui, je crois qu'il y a là une piste à explorer…

— Tu sais, Guillaume, aujourd'hui presque tous les kayaks sont jaunes ou orange. Il ne sera pas facile de trouver celui qui nous occupe. Ils sont tous pareils ! Seule la taille fait la différence…

— Il y a aussi le gilet orange fluo et la taille du passager du kayak. Et son bonnet andin. Cela me rappelle quelque chose…

— Explique-toi…

Je lui racontai par le menu ma visite à l'île Noire, le dimanche précédent, ma rencontre avec l'équipe de Radio Brinic et ma discussion avec un grand garçon blond qui affirmait avoir vu, dans le pinceau lumineux du phare de la Lande, un grand zodiac rouge amarré au ponton du château du Taureau. Je me souvenais aussi d'avoir remarqué un kayak jaune appuyé au mur du débarcadère de l'île, avec, posées dessus, une brassière orange fluo et deux pagaies.

Sur le muretin séchait un bonnet péruvien rouge,

à oreilles et cordons terminés par des pompons, que j'avais, je m'en souvenais parfaitement, mentalement associé à des marchés de Noël à Paris et autres souvenirs personnels. J'avais aussi remarqué une barre de fer, du gros fer à béton torsadé, dont la présence ne m'avait pas d'abord particulièrement étonné mais qui aujourd'hui me posait problème. Un gros problème même ! Car elle avait très bien pu servir à soulever la trappe d'ouverture de la citerne du Taureau… C'était l'outil tout à fait adapté à ce type d'opération. La coïncidence avec ce kayak jaune que nos amants de l'île Louët avaient vu passer me semblait également troublante. Il nous faudrait rapidement vérifier de ce côté.

— Sans doute. Tu peux aussi enquêter chez tes apprentis journalistes de Radio Brinic, d'ailleurs un drôle de nom pour une radio !

— Je le trouve original et plein d'humour.

— Si l'on veut. Moi, et je ne peux pas en démordre, ce qui m'intrigue le plus, c'est cette fille, si du moins c'était bien une fille, qui passe auprès de l'île, debout sur sa planche, pagayant seule et à une heure déjà avancée de la nuit. C'est une image étonnante et quand même une présence insolite à cet endroit, surtout à une heure pareille…

— Une sportive, une acharnée de ce type de sport à la mode, à la recherche de sensations fortes. La nuit, la solitude, le scintillement des balises, le tournoiement et l'éclat des phares… C'est assez magique et fascinant tout de même…

— L'air marin, la féerie nocturne sur la mer, la contemplation de la nature sauvage et la beauté du ciel étoilé, toute la poésie que tu voudras et que tu vas me seriner dans les oreilles, moi je veux bien, mais à cet endroit et à cette heure-là, c'est tout de même singulier ! Seule sur la mer aux environs de vingt-trois heures, sur une planche, et se dirigeant vers le large de surcroît, ce n'est pas banal du tout. En tout cas pour moi ! Elle n'allait quand même pas, en pleine nuit, compter les sternes, les macareux-moines et autres petits oiseaux sur l'île aux Dames ou sur l'île Ricard ! Elle n'allait pas non plus à un rendez-vous galant sur l'une des îles de la baie ! À moins que… Tout est possible évidemment. Mais à mon avis, cette personne se déplaçait dans un but précis.

— Comment le savoir ? Tu penses à une relation quelconque avec la mort de Xavier Delarue ?

— Non, pas vraiment. Je ne vois pas très bien où pourrait être le rapport, mais tout cela m'intrigue fortement. Et quand une chose m'étonne, je cherche à savoir pourquoi, c'est plus fort que moi et je ne lâche pas si facilement le morceau.

— Moi, je ne sais pas non plus ce que cette femme faisait par là, à cette heure de la nuit. Mais c'est tout ce que nous avons pour l'instant ! On doit s'en contenter et on va travailler là-dessus. Je vais commencer par essayer de retrouver ce grand blond de l'équipe de mes journalistes amateurs de Radio-Brinic. Vois de ton côté ce qu'on peut trouver sur le mystère de cette sirène qui pagaie la nuit, à la lueur des phares de la baie de Morlaix. Un fantôme dans la lueur des phares et au clair de lune… Drôle de vaisseau fantôme ! Il y a peut-être un ou plusieurs clubs qui regroupent les passionnés de ce genre de sport… Va voir un peu de ce côté.

— Et en plus, ils doivent être plutôt jeunes, beaux et athlétiques. Des blonds bronzés, aux longs cheveux bouclés et décolorés par le vent et l'air marin. Aux yeux clairs et aux paupières rongées par le sel. Aux pectoraux impressionnants, et des abdominaux façon tablette de chocolat évidemment ! Je vais pouvoir joindre l'utile à l'agréable…

— Tu navigues et tu barbotes en plein cliché !

— Peut-être, mais rien ne m'interdit de fantasmer et de rêver un peu, surtout quand je vois tous les mecs bedonnants, mal grimpés et décatis, dont je suis entourée dans ce commissariat… À part toi peut-être, et mon cher petit mari évidemment.

— Toujours sympathique et délicate avec tes collègues masculins…

— Je fais ce que je peux avec ce que j'ai tous les jours sous les yeux. Je regarde ceux qui se trouvent en face de moi, c'est tout…

Évelyne Lemétayer ne sortait plus de son bureau que pour aller fumer une cigarette, puis une autre et une autre encore. Elle ne desserrait plus guère les dents.

XII

Quelques jours plus tard, accompagné de Joana et d'Arsène ravi de quitter enfin Locquénolé, j'avais pris Le Cormoran pour aller interroger Maout, le gardien du château. Nous avions bien compris qu'il se sentait investi d'une mission et qu'il prenait probablement son travail trop à cœur. Mais de là à patrouiller la nuit dans le château avec son chien et son fusil… Il ne nous avait guère convaincu et sa conduite nous paraissait suspecte. Nous l'avions donc à nouveau convoqué, longuement interrogé des heures durant sous le régime de la garde à vue et poussé dans ses derniers retranchements. Il admettait à nouveau, sans difficulté, s'être rendu au château du Taureau, la nuit de la disparition de Xavier Delarue, en compagnie de son chien de chasse. Il avait, une fois encore, trouvé la porte du château ouverte, alors qu'il était certain de l'avoir fermée la veille au soir, vers dix-huit heures trente, après le départ du Cormoran, une dernière ronde et une dernière inspection minutieuse de toutes les pièces, de tous les escaliers et de tous les recoins de la forteresse. Il était donc certain qu'une ou plusieurs personnes avaient pénétré dans le château durant la première moitié de la nuit et qu'elles en possédaient la clé. Il disait avoir alors inspecté le château dans ses moindres recoins et n'y avoir rien trouvé ni personne. Tout au plus une bouteille de vodka non entamée, abandonnée dans l'échauguette nord et, sur la terrasse, auprès d'un banc, un livre en mauvais état et imbibé d'eau de pluie. Il n'y avait pas touché, mais l'avait ramassé le lendemain en prenant son service et confié au service des objets trouvés à la mairie de Carantec. Ce livre appartenait à Xavier Delarue qui s'était laissé enfermer dans la place après le départ de la dernière navette et qui avait ensuite disparu.

— Nous savons que vous êtes venu au château du Taureau, la nuit de la disparition de Xavier Delarue. Nous avons des témoins qui ont vu votre zodiac en revenir et passer à la hauteur de l'île Louët. Qu'alliez-vous y faire après minuit et pourquoi ce soir-là particulièrement ?

— Je vous ai dit l'autre jour, quand vous êtes venu au Taureau, que le château recevait des visiteurs la nuit, que j'en étais certain et qu'il y avait quantité de clés dans la nature. Je voulais donc vérifier que personne ne s'y trouvait. J'avais trouvé la porte ouverte à plusieurs reprises. À dix-huit heures, au départ du dernier bateau, j'ai vérifié si personne n'était resté traîner dans les étages, si personne n'y avait rien oublié, puis j'ai soigneusement fermé la porte et même vérifié qu'elle était bien fermée. Et quand je suis venu avec mon chien, un peu après minuit, la porte était ouverte, c'est donc que quelqu'un était venu dans le château entre-temps.

— Et qu'avez-vous fait ?

— Je suis entré et j'ai regardé partout, dans la cour intérieure, dans les casemates et les cachots, dans les pièces des étages et toutes celles du rez-de-chaussée. Je n'ai vu personne. Mais mon chien allait et venait, s'agitait, marquait et sentait qu'il y avait eu là au moins une personne, peut-être plusieurs, peu de temps auparavant. Le chien est allé sur la terrasse jusqu'à la guérite du côté nord, je l'ai suivi en promenant ma lampe dans tous les recoins. Il y avait une bouteille contre le mur de la guérite. Une bouteille de vodka. Elle était pleine. J'ai tout de suite pensé à des jeunes qui seraient venus là pour faire la fête, et étaient repartis, mais pourquoi ne l'avaient-ils pas bue ? Ils avaient peut-être assez bu déjà et cette bouteille était de trop…

— Vous l'avez laissée en place ?

— Oui, je voulais voir tout ça, tranquillement, au grand jour.

— Ou alors, vous ne vouliez pas qu'on sache que vous étiez venu au château en pleine nuit… On dit à Carantec que vous y venez avec votre chien et même parfois avec votre fusil de chasse, ce qui est parfaitement illégal.

— Avec mon chien, oui, ça m'arrive assez souvent, mais pas avec mon fusil. C'est une légende. Des propos malveillants. Je me contente de faire mon travail du mieux possible, peut-être trop bien pour certains. C'est pour cette raison qu'on me critique et qu'on me veut du mal. Il y a des jaloux partout...

— C'est vrai que vous faites du zèle, car personne ne vous a jamais demandé de faire des rondes la nuit dans le château, avec votre fusil et votre chien. Que se passerait-il si vous surpreniez quelqu'un dans le château, dans un escalier par exemple ? Vous seriez tout à fait capable de tirer et de tuer. Ce soir-là, après votre inspection, vous avez refermé la porte et vous êtes parti ?

— J'ai laissé la porte ouverte...

— Pourquoi ?

— Je l'ai laissée comme je l'avais trouvée.

— Je suppose, quitte à me répéter, que vous ne vouliez pas qu'on sache que vous étiez venu dans le Taureau durant la nuit...

— Non, pas du tout, je voulais surtout faire constater par mes chefs qu'on entrait dans le château comme dans un moulin, qu'il était urgent de faire changer la serrure de la porte d'entrée et surtout d'exercer une plus grande surveillance durant la nuit.

Nous n'étions guère convaincus. Je ne réussis à rien en tirer de plus précis. Je connaissais désormais son passé et les ennuis qu'il avait eus avec la justice et nous nous demandions vraiment ce qu'il venait faire au Taureau au cœur de la nuit. Le personnage de Maout m'apparaissait de plus en plus inquiétant et particulièrement antipathique.

Joana me fit son petit commentaire habituel en haussant les épaules, avec une moue de dégoût.

— Tu as vu comment il m'a déshabillée du regard et soupesée du haut en bas, et sous toutes les coutures ! Ce Maout est laid comme un pou, maigre comme un rat d'église, et en plus, c'est un vieux vicieux et, de toute évidence, une sacrée crapule. Il traîne déjà quantité de casseroles au cul, il devrait déjà être en prison et nous ne sommes sans doute pas au bout de nos surprises. Tu as, comme d'habitude, été trop gentil avec lui, tu ne l'as pas assez secoué. Tu ne seras jamais assez méchant…

— J'ai mes méthodes et jusqu'à présent, elles ne m'ont pas trop mal réussi ! Nous n'avons, pour l'instant, aucune charge contre lui, nous sommes donc obligés de le laisser en liberté, mais rassure-toi, je n'ai nullement l'intention de l'oublier ! Je n'oublie jamais rien. J'ai même un petit commencement d'idée sur son trafic principal. Je vais me livrer à quelques vérifications et je t'en parlerai dès que j'aurai un début de résultat…

Avec Arsène, nous étions allés à la rencontre du grand blond au kayak jaune, qui faisait partie d'un petit groupe qui séjournait sur l'île Noire. Je l'y avais rencontré, sans pour autant m'intéresser plus particulièrement à lui. Il n'était qu'un individu parmi d'autres, au sein d'un groupe. Une petite radio éphémère qui émet pendant quelques jours, chaque été. Nous n'avions pas eu de mal à le retrouver. J'avais repéré sur Internet le nom et les coordonnées des principaux responsables de Radio Brinic.

Nous savions qu'on le trouverait à la terrasse d'un bar, au port de plaisance. Nous l'avions conduit au commissariat, place des Halles, et nous lui avions annoncé la mort de Xavier Delarue. Toute sa personne exprima un moment d'étonnement, puis de panique qui paraissait sincère. Puis nous lui avions parlé du témoignage des locataires de l'île Louët.

— On voit assez bien dans la lumière des différents phares, et il y avait clair de lune. De l'île Louët, des témoins vous ont vu passer. Votre kayak et surtout votre allure et votre bonnet un peu original.

— Comme vous le savez déjà, puisque vous m'y avez rencontré, j'étais sur l'île Noire avec mes copains de Radio Brinic. Je ne fais pas vraiment partie de leur équipe, mais ils m'avaient demandé de venir leur donner un coup de main, car ils avaient un gros souci avec leur matériel. Des vieux clous. Et comme je m'y connais plutôt bien, je suis venu les dépanner. J'ai laissé ma voiture à Térénez et je les ai rejoints en kayak. Finalement, je suis resté trois jours sur l'île avec eux. Je les ai dépannés et j'ai profité du coefficient de marée pour aller à la pêche aux ormeaux. Ce soir-là, je m'ennuyais un peu et j'ai décidé d'aller boire un verre au Kelenn. Je vous l'ai déjà dit l'autre jour.

— Quelle heure était-il ?

— Environ minuit, peut-être un peu plus, car je suis arrivé au Kelenn peu avant la fermeture du Café de la Plage qui ferme à une heure en été. J'ai dû faire vite et j'ai eu du mal à me faire servir…

— Des témoins qui étaient postés sur le rocher de l'île Louët et qui vous ont vu passer ont remarqué que vous veniez du château du Taureau. Ils ont même remarqué votre kayak amarré au débarcadère, quelques instants auparavant. Qu'y êtes-vous allé faire ?

Le jeune homme se troubla. Un vent de panique passa dans son regard.

— C'est vrai, je le reconnais. Je suis allé au château. Je voulais avoir une explication avec Xavier Delarue.

— Vous le connaissiez ?

— Depuis longtemps. J'ai été avant lui le compagnon de Marion Sénéchal quand elle habitait place Saint-Martin. Elle m'a largué pour lui. Du moins officiellement, puisqu'ils vivaient ensemble depuis plusieurs mois. Je l'ai très mal vécu, et même pire. Marion a toujours eu la trahison et la séparation faciles, c'était toujours au plus offrant, à tout point de vue… surtout au point de vue fric…

Nous tenions donc un mobile, la jalousie. Une banale affaire de rupture amoureuse. Une sorte de crime passionnel…

— Comment saviez-vous qu'il allait passer la nuit au château ?

— Il en avait parlé à tout le monde depuis des semaines.

— Mais comment saviez-vous qu'il y était cette nuit-là précisément ?

Il marqua une hésitation qui ne m'échappa pas.

— Marion, le disait autour d'elle. Je me souviens qu'elle l'a dit à la terrasse du Crépuscule. Nous sommes toute une bande à fréquenter ce café depuis nos années de lycée et nous nous connaissons tous depuis très longtemps. Elle trouvait le projet de Xavier complètement loufoque et elle disait qu'elle avait essayé de l'en dissuader, mais qu'il n'y avait rien eu à faire. Il s'entêtait de plus en plus. Il cherchait un souterrain, voulait passer la nuit dans la cellule de Blanqui et se faisait toutes sortes de films bizarres. Il ne quittait pas le livre que Blanqui avait écrit au Taureau.

— Vous avez donc débarqué au Taureau en pleine nuit…

— J'ai dit à mes copains de Radio Brinic que j'allais faire un tour en kayak et que je pousserais probablement jusqu'au Kelenn boire un verre.

— Vous ne leur avez pas dit que vous alliez au château du Taureau ?

— Non.

— Pourquoi ?

— Je ne sais pas. Je n'y ai pas pensé, je n'avais pas envie de leur en parler. D'ailleurs, cela ne les regardait pas.

— En fait, vous alliez à la rencontre de Xavier Delarue…

— Je savais qu'il était au château, cette nuit-là. Il avait tellement parlé autour de lui de sa passion pour Blanqui, de la recherche de ce fameux souterrain ! Mais je n'ai vu personne. J'avais une lampe électrique, je suis monté sur la terrasse. J'ai appelé doucement d'abord, puis de plus en plus fort. Personne ne m'a répondu. J'ai regardé un peu partout, dans les salles et les escaliers. Personne. Ma lampe ne marchait pas très bien. C'était plein de bruits bizarres là-dedans, mes pas résonnaient dans les escaliers. Et le fracas de la mer en plus, sur les rochers tout en bas au pied de la forteresse… C'était sinistre, la lune jetait sur les murs des reflets bizarres. Je n'étais pas tranquille. J'avoue même que j'ai eu la trouille. Je suis parti en vitesse…

— Vous n'êtes pas allé dans la cour intérieure ?

— Non, je viens de vous dire que j'avais peur et que j'ai voulu partir le plus vite possible.

— Donc vous n'avez vu personne et vous n'avez rien remarqué de particulier ?

— Non, il n'y avait personne et je n'ai rien remarqué.

— Vous étiez venu pour avoir une explication avec Xavier Delarue et pour lui faire peur. Vous deviez être déçu…

— J'ai pensé qu'il en avait eu assez d'être là-dedans, qu'il n'avait pas voulu y rester toute la nuit, qu'il s'était dégonflé et avait trouvé un moyen quelconque pour rentrer à terre. Il était quand même plutôt bizarre et imprévisible. Ses relations avec Marion n'étaient pas très claires, loin de là. Peut-être n'y était-il pas resté du tout et avait-il pris le dernier bateau… Celui-là même avec lequel il était venu. Et puis, je ne sais pas exactement ce que Marion vous a raconté…

J'avais l'impression que ce jeune homme s'emmêlait et nous disait n'importe quoi. Xavier Delarue était resté au château passer cette nuit-là et y avait abandonné une bouteille de vodka et un livre qui lui était infiniment précieux. Et comment Bruno pouvait-il savoir exactement par quel bateau Xavier était venu au Taureau ?

— De sorte que vous ne vous êtes pas préoccupé de son sort ?

— Non, pas vraiment. Je n'avais pas de raison particulière d'être inquiet pour lui, je dirais même que je m'en foutais, je n'avais aucune raison de l'aimer. Je comptais le retrouver à Morlaix et m'expliquer avec lui.

— Pourquoi ?

— Parce qu'il avait pris ma place auprès de Marion.

— Jaloux ?

— J'admets. On peut dire les choses comme ça. C'est quand même dur de se faire larguer pour un veau pareil !

— Vous aviez l'intention de le tuer ?

— Moi ? Pas du tout. Quelle idée ! Qu'est-ce que vous allez chercher là ? Je vous répète que je voulais seulement lui faire peur.

— Vous auriez pu choisir un autre endroit…

— Sans doute, mais j'ai pensé que le cadre m'aiderait à l'impressionner.

— C'est Marion qui vous a incité à aller au Taureau ?

— Pas du tout.

— Vous êtes sûr ?

— Certain.

— Pas nous… Vous n'avez pas vu un livre sur la terrasse auprès d'un banc…

— Non, je n'ai rien vu.

Pourtant, Maout m'avait affirmé que ce livre se

trouvait sur la terrasse auprès d'un banc quand il avait fait sa dernière ronde d'inspection, la nuit avec son chien, qu'il l'avait laissé sur place et ne l'avait ramassé que le lendemain matin. Lequel des deux mentait ?

— Qu'avez-vous fait ensuite ?

— J'ai eu envie d'aller prendre un verre au Kelenn. Cette visite au château m'avait tout de même remué. J'avais besoin de voir du monde et de me changer les idées. Je savais que les trois bars de la plage fermaient à une heure du matin, j'avais encore le temps, mais il ne fallait pas que je reste traîner.

— Dans quel bar êtes-vous allé ?

— Au Café de la Plage, comme d'habitude. J'y vais assez souvent, pas tous les soirs, mais presque. C'était la fermeture. Le patron, Jean-Noël, commençait à ranger sa terrasse, à empiler des fauteuils en plastique et à mettre les derniers clients à la porte. J'ai dû faire vite. J'ai même eu du mal à me faire servir, la serveuse nettoyait la machine à café et m'a fait la gueule. J'ai bu cul sec deux verres, peut-être même trois.

— Et ensuite ?

— J'ai repris le kayak sur la plage. Je suis retourné à l'île Noire. Les copains dormaient à l'étage du phare. Je me suis couché au rez-de-chaussée, dans la salle commune. J'y avais installé un lit pliant et j'avais apporté mon sac de couchage. Le reste, je vous l'ai déjà dit. Je me suis réveillé, tôt dans la nuit, avec une grosse envie de pisser. Forcément, avec les bières que j'avais bues à Carantec. C'est là que j'ai vu le zodiac rouge dans la lumière du phare. Il était accosté à l'embarcadère du château.

— Rouge, vous êtes sûr ?

— Oui, à peu près certain. Je voyais assez bien dans le faisceau du phare de la Lande.

— Quelle heure pouvait-il être ?

— Je ne sais pas trop, je dirais une heure et demie, deux heures du matin. Je vous ai raconté tout ça déjà à l'île noire quand vous êtes venu nous voir dans votre vieux bateau noir.

— Oui, mais vous ne m'aviez dit qu'une partie de la vérité…

— J'ai répondu aux questions que vous m'aviez posées.

— C'est ce qu'on appelle mentir par omission.

Je lui demandai quelle était l'utilité de cette barre de fer qu'il avait emmenée sur l'île Noire et que j'avais vue auprès de son kayak.

— C'était pour soulever des cailloux, les gros et lourds, et pêcher des ormeaux.

— Pas très écologique ni peut-être très réglementaire comme méthode de pêche…

— Non, mais plutôt efficace. J'ai pu, avec cette barre, soulever des rochers auxquels personne n'aurait jamais osé s'attaquer. Alors, forcément, je me suis fait une pêche d'enfer. Des étrilles et des ormeaux. Une vingtaine de gros ormeaux, tous ces jours de grande marée. On en a mangé à presque tous les repas, midi et soir, et on en a fait des ventrées à s'en faire péter la ceinture. J'en avais d'ailleurs marre de taper dessus au marteau ou de les piquer à la fourchette pour les attendrir. On a même fini par les donner à bouffer aux goélands. Je dois dire qu'ils n'ont pas dédaigné le festin…

— Vous n'avez pas emmené cette barre de fer avec vous au château, cette nuit-là ?

— Non. Pourquoi faire d'ailleurs ?

— Pour rien. Pour rien… C'était juste une question.

Nous l'avions laissé partir, un peu à regret, en lui recommandant de ne pas s'éloigner de Morlaix pour rester à notre disposition. J'étais allé dès le lendemain midi recueillir le témoignage du patron du Café de la Plage que je connaissais depuis longtemps. Nous voulions aussi recueillir les remarques et les observations de son personnel.

— Il est arrivé en toute fin de service et visiblement très excité. Je commençais tranquillement à mettre mes derniers clients à la porte, ce qui est un exercice difficile et à recommencer chaque jour.

— Tu dis qu'il avait l'air énervé…

— Ah ça oui, il ne semblait pas dans son état normal. Il était très agité. J'ai même cru d'abord qu'il avait déjà bu avant de venir chez moi, fumé ou consommé une cochonnerie quelconque. Il a bu rapidement et en quantité. Deux ou peut-être trois demis de bière à la suite, je ne sais plus, ce n'est pas moi qui l'ai servi. Presque cul sec. Il n'a pas dû y prendre beaucoup de plaisir. Il a même eu une embrouille avec Yaëlle, l'une de mes serveuses. Il râlait et prétendait qu'on ne le servait pas assez vite.

— Tu l'as vu repartir ?

— Oui, j'étais sur la terrasse, je rangeais les tables pour la nuit. Il est reparti par la plage. Il avait dû venir de l'île Noire en kayak. Ce n'était d'ailleurs pas la première fois. Je sais qu'il s'est greffé sur l'équipe d'une petite radio éphémère, Radio Brinic, qui émet l'été, pendant quelques jours, depuis des années, et qui traite essentiellement de sujets touchant la mer et la vie maritime de la baie de Morlaix. Ils l'ont accueilli probablement parce qu'il a quelques rudiments dans le domaine de l'électricité et du son et que leur matériel ne doit pas être de toute première jeunesse. Bruno est plutôt du genre parasite… Je l'ai toujours vu à la remorque d'un groupe quelconque. Trouver à s'amuser, manger, boire, bien profiter d'une fille crédule quand l'occasion se présente. Je crois qu'il a vécu quelque temps aux crochets d'une fille à Morlaix. Une coiffeuse ou une esthéticienne je crois…

— Une jeune femme, plutôt jolie et aux cheveux roses, rouges, enfin une couleur plutôt bizarre ?

— Effectivement, je l'ai vu ici même à la terrasse, avec une fille aux cheveux rouges, c'est sans doute celle-là. Mais il y a déjà un moment et je serais incapable de dire s'ils sont toujours ensemble… Ce Bruno, je ne l'ai jamais vu faire quelque chose de ses dix doigts. Il a été inscrit deux ou trois ans à la fac, mais c'était le modèle parfait de l'étudiant fantôme. Il n'a pas dû user beaucoup ses pantalons sur les bancs des amphis. Il passait sûrement plus de temps dans les cafés que sur les bancs de la faculté J'ai toujours refusé de lui accorder le moindre crédit. Pas fiable du tout, ce gars-là !

— Mais ce soir-là ?

— Je te le répète, ce soir-là, il ne paraissait pas dans son état normal. Je le connais quand même depuis longtemps, il était agité et bizarre. Absolument nerveux, comme tétanisé. J'ai l'impression qu'il avait peur, et même très peur… Il était terriblement perturbé, comme si, en venant, il avait croisé le diable en personne.

Le Crépuscule avait une clientèle assez hétéroclite mais était surtout le rendez-vous des lycéens et des étudiants. Une clientèle de jeunes gens désœuvrés.

Nous y étions allés faire notre petite enquête de routine et nous discutions avec le barman. Nous recherchions surtout des renseignements sur Marion et Bruno.

— Ils sont toute une bande. Ils se connaissent et se fréquentent depuis toujours. Je crois les avoir toujours vus ensemble. Ils ne se quittent guère. Qui fréquente qui et qui couche avec qui ? Je crois que j'aurais du mal à suivre, même en y consacrant tout mon temps ! Il y faudrait un comptable et une voyante extralucide pour réaliser un pointage serré et fiable des vagabondages sentimentaux et sexuels des uns et des autres ! La plupart d'entre eux, garçons et filles, mènent une existence libre, bohème et insouciante. Dans l'ensemble, les filles ne sont pas très farouches. Mais, pour moi, ce sont de bons clients. Ils dépensent sans compter l'argent de papa et maman. Ils affichent de grandes théories, font et refont le monde entre deux verres et deux clopes, mais dès qu'ils ont une facture à payer, ils se précipitent sous les jupes de maman. La plupart d'entre eux sont finalement de petits-bourgeois inactifs, insouciants et, pour l'essentiel, totalement irresponsables.

— Connaissez-vous Bruno L'Hostis ?

— Très bien. Il vient chez moi depuis plusieurs années. Il a été le compagnon de Marion Sénéchal. Ils s'étaient même installés ensemble. Quelque part du côté de la mairie de Saint-Martin. Puis ils ont rompu. Enfin, c'est ce qu'on dit, mais je ne suis pas plus sûr que ça ! Il semble que Marion en avait assez de ses désordres et de sa paresse. Elle disait qu'elle ne voulait plus entretenir un pique-assiette. C'est du moins ce qu'elle a affirmé autour d'elle, et tout le monde semblait la comprendre plus ou moins. Elle l'a remplacé par Xavier Delarue, l'illuminé qui a disparu au château du Taureau, il y a maintenant une quinzaine de jours. Je sais que c'est sur sa disparition que vous enquêtez. Il est vrai qu'il venait de toucher l'héritage d'un vieil oncle, un paysan bourré de fric. Une jolie somme, paraît-il. Marion a toujours été très sensible à ce type d'argument... Pourtant, on dit qu'on la voit toujours avec Bruno, qu'en réalité, ils sont toujours ensemble et qu'elle n'est avec Xavier que pour son argent, juste en passant et en attendant mieux. Bruno haïssait son rival, ne supportait pas d'avoir été mis à l'écart et proclamait partout qu'il lui ferait la peau, surtout quand il avait bu un verre de trop. On les avait vus, quelques jours auparavant, se disputer violemment, là devant, place des Halles. Le petit intello n'était pas de taille à se défendre face au grand blond sportif, il était bouffé d'avance et était beaucoup trop pur, trop naïf et trop crédule. Le pauvre, perdu dans ses rêves, ses livres et ses nuages... Un monde entier séparait ces deux gars !

— Vous croyez qu'il aurait pu lui faire sa fête au château du Taureau, lui faire par traîtrise le coup du lapin et ensuite le balancer à la mer ?

— Je ne sais pas. En tout cas, il tenait beaucoup à Marion et n'avait jamais accepté de se faire doubler par Xavier. C'est un petit voyou sans cervelle et, à mon avis, capable de tout, du meilleur comme du pire. Ni bon ni mauvais. En rupture de famille depuis l'adolescence. Étudiant en droit peu motivé et épisodique. Un étudiant fantôme, comme on dit. Une belle gueule, un bagout assez déconcertant, mais c'est à peu près tout. Il fréquente actuellement les animateurs d'une petite radio amateur, Radio Brinic, qui fait des émissions chaque été sur la baie de Morlaix. Ils utilisent ses compétences, bien réelles, dans le domaine du son. Il s'est accroché à ce groupe, mais il n'a pas le niveau, il est complètement différent des autres qui sont plutôt créatifs et brillants.

XIII

En même temps, nous poursuivions notre enquête sur la noyée de Locquénolé, mais je m'en désintéressais quelque peu. Je laissai le travail à mon collègue Arsène qui s'en acquittait avec beaucoup de zèle, surtout depuis qu'il avait retrouvé son camarade de classe. La fréquentation régulière de ce dernier n'était sans doute pas étrangère à son regain de motivation. J'avais l'impression qu'ils ne s'ennuyaient pas dans la petite bourgade. Il revenait de son enquête à Locquénolé, l'œil bien allumé, me faire le compte rendu de ses recherches. La conclusion ne variait guère. Tout le monde voulait la peau de la vieille mégère, quant à savoir qui s'était dévoué pour la pousser à l'eau…

— Je n'avance pas beaucoup, pourtant, je cherche et je fouine partout avec Lulu.

— Lulu ?

— Ben oui, Lucien Le Ven, le vieux poteau que j'ai rencontré l'autre jour près de l'arbre de la Liberté et que je t'ai présenté ! Le péchou à la voiture rouge complètement pourrie. On l'appelle comme ça à Loqué où il est connu de tout le monde. Mieux que le loup blanc, je te l'assure ! On fait donc équipe ensemble depuis quelques jours, il m'accompagne, me conseille et m'aide à lier conversation avec les habitants de la commune. C'est plus facile pour moi…

— Le tandem infernal, l'équipe du siècle ! Vous ne devez pas passer inaperçus !

— On est bien reçus partout. On nous parle en long et en large de la Germaine Nuz, et c'est toujours la même litanie : une garce et une langue de pute. Mais finalement, on n'avance pas d'un pouce. Ils se déclarent tous coupables virtuels dans le patelin. Tous auraient voulu en être le meurtrier ! C'est incompréhensible et bien monotone à la longue, cette situation. Je commence à en avoir marre et j'ai envie de passer à autre chose. Heureusement qu'on nous offre l'apéro dans certaines bonnes maisons, car il n'y a même plus de bistro dans ce foutu patelin.

— De mon côté, j'ai réfléchi à une remarque de ton ami Lulu, l'autre jour, lorsque vous discutiez sous le vieux chêne, sur la place de Locqué. Il a dit, parlant de la femme Le Nuz : « Depuis qu'elle habite la commune, il y a une dizaine d'années environ… » Ce qui veut dire qu'auparavant, elle a habité ailleurs et, probablement, comme la plupart des gens, en différents endroits au cours de sa vie. Tu n'y as sans doute pas fait attention. Vous étiez tellement contents de vous retrouver, vous étiez comme des gamins sur une cour de récréation. Je pense qu'il faut donc laisser l'enquête à Locquénolé entre parenthèses pendant quelque temps et aller chercher ailleurs. Il nous faut retrouver ses anciennes adresses et chercher dans la vie antérieure de la bonne femme et dans les endroits où elle a habité avant d'arriver ici. Et les explorer avec méthode. Tu y trouveras peut-être des éléments intéressants… C'est ce que je ferais si j'étais à ta place.

— Pas trop bête, ta remarque ! Tu as sans doute raison. Je vais en effet considérer les choses sous cet angle. La solution à notre problème est peut-être par là… Il faut que je trouve où elle a habité avant, ce qui ne doit pas être bien compliqué. Je vais commencer par faire un tour en mairie. Ils auront certainement des renseignements pour moi, à l'accueil. Je vais m'y mettre dès demain matin.

Plusieurs jours passèrent. Arsène avait, toute la semaine, enquêté dans différentes communes, au gré de différents déménagements de la famille Nuz. Manu, le mari de Germaine Nuz, se faisait patiemment une clientèle à la force du poignet, puis la reperdait assez rapidement à cause des commérages, de la méchanceté et de la réputation désastreuse de sa femme. Ils avaient ainsi habité Garlan, Locquirec, Plouégat-Guerrand, puis Saint-Martin des Champs, avant de se fixer à Locquénolé il y avait une bonne dizaine d'années. Depuis le décès de son mari, neuf ans auparavant, Germaine Nuz n'avait plus déménagé. Elle habitait désormais une haute maison en pierre, au Bruly, face au quai et tout au bord de la route de Carantec.

Le lendemain, Arsène apprit que les époux Nuz habitaient auparavant à Saint-Martin-des-Champs. Il décida d'y aller enquêter. C'était, en effet, la dernière adresse des époux Nuz avant qu'ils ne viennent s'installer à Locquénolé. Arsène déplaça son enquête de voisinage dans cette commune. Ce matin-là, je décidai de l'accompagner. Un lotissement tout à fait banal, des petites maisons grises presque toutes identiques… Madame Angèle Postolec nous ouvrit la barrière de son petit jardin clos d'une haie. Elle tenait en laisse un petit chien, un Jack Russel, qui grognait et montrait les dents quand on avançait la main vers lui. Elle portait une blouse de nylon à fleurs bleues et des charentaises à l'arrière écrasé. Elle semblait toute heureuse de rencontrer des gens à qui raconter sa vie. Sa récréation sans doute entre deux feuilletons à la télévision et trois pages de sudoku. Nous nous étions d'abord contentés de l'écouter. Il nous fallait la mettre en confiance.

— Je suis la seule de cette époque à habiter encore ici. Nous avions tous à peu près le même âge. Puis il y a eu un changement de génération, les parents sont morts et les enfants ont vendu les maisons dont ils ont hérité. Le Logis Breton, c'est le nom du quartier. À l'époque, il s'appelait encore La Ruche Finistérienne. Vers 1980, on avait formé une coopérative de construction. On se faisait construire sa maison sur de petits terrains, des maisons mitoyennes et pas très chères. Les vingt-cinq premières années, on payait un loyer, et au bout de ce délai, la maison nous appartenait. On était tous ouvriers dans le quartier, aux chemins de fer ou dans le bâtiment principalement ; les femmes, pour la plupart, travaillaient à la Manufacture de Tabacs. Je suis la dernière de la rue, tous les autres sont partis, la plupart pour de bon, direction le cimetière. Mais on était fiers d'avoir réussi à devenir propriétaires de notre logement. C'est sûr qu'on se connaissait tous, qu'on vivait entre nous et qu'il y avait beaucoup de commérages dans le quartier.

— Connaissiez-vous une certaine Germaine Nuz ?

— Hou là là ! Ne m'en parlez pas ! Qui ne la connaissait pas ? Mais alors là, pas du tout en bien. Je l'ai connue il y a de cela une douzaine d'années. Vous la connaissez comment ? C'est une parente à vous ?

— Non, pas du tout, nous sommes policiers et nous faisons sur elle une petite enquête de routine.

— Ah ! Elle a encore dû faire du mal à quelqu'un ?

— Pas vraiment, cette fois-là, madame Postolec, elle ne pourra plus faire de mal à personne. On l'a trouvée noyée dans le port de Locquénolé.

— Noyée ? Ça alors… Moi, je ne vais pas la pleurer ! Je ne devrais sans doute pas le dire, mais bon débarras ! Une méchante femme de moins, à la surface de la terre !

— Vous la connaissiez bien ?

— Très bien, malheureusement ! Elle a habité le quartier durant une dizaine d'années, puis elle a déménagé avec son mari Manu. Lui, par contre, était un homme bien, serviable et gentil. Je vous ai dit qu'il y avait beaucoup de commérages dans le lotissement, mais Germaine Nuz, c'était vraiment autre chose, ce n'était pas seulement une commère, c'était, en plus, une très méchante femme. Je peux même vous dire que, de ma vie, je n'ai jamais rencontré quelqu'un de si mauvais. Ni d'aussi bête surtout. Elle était bête à manger du foin ! Et, en plus elle se croyait intelligente. Personne ne l'aimait, pas même ses propres enfants qui ont quitté la maison le plus vite possible et ne sont jamais revenus. Personne ne voulait la fréquenter, et tous la fuyaient comme la peste. Et c'était vraiment une peste. Pire qu'une épidémie de choléra ! Quand elle s'attaquait à quelqu'un, elle ne le lâchait jamais, ni de jour ni de nuit. Elle mettait la révolution dans sa rue et dans son quartier, montait les voisins les uns contre les autres, parfois des maris contre leur femme ou des femmes contre leur mari. Elle faisait naître des rumeurs et répandait sur les uns et les autres des sous-entendus dégoûtants. Une véritable obsédée ! Jamais un mot propre dans sa bouche. Tous ses voisins, dans le quartier, voulaient déménager pour ne plus avoir à la supporter. Et ceux qui en avaient les moyens sont partis définitivement. C'était la vipère absolue ! Quand on organisait la fête du quartier, au début de l'été vers la Saint-Jean, presque tous refusaient de venir ou se décommandaient si elle devait être là. Les habitants du quartier se ramassaient chez eux, fermaient leur porte, tiraient leurs rideaux et allaient se cacher quand elle passait dans la rue, le nez en l'air et le regard mauvais. Elle perturbait toute la vie du quartier, terrorisait tout le monde et personne ne pouvait la supporter. La punaise absolue !

— Connaissez-vous quelqu'un qu'elle aurait particulièrement harcelé ou maltraité et qui aurait eu des raisons de lui en vouloir et même de se venger d'elle ?

— Mais, Monsieur, encore une fois, tout le quartier était dans ce cas ! Chaque habitant avait des raisons personnelles de s'en plaindre et même de vouloir lui tordre le cou ou de la pousser dans le bassin du port quand elle sortait de la Manufacture.

— Elle travaillait à la Manu ?

— Elle y a travaillé une quinzaine d'années, elle était contremaître dans un atelier de fabrication de cigares. Elle était infecte et mauvaise avec les cigarières qu'elle avait sous son autorité. Pas le droit de parler, pas le droit d'aller faire pipi, il fallait lever le doigt et attendre son tour, et à peine le droit de lever la tête. Une vraie charogne avec ses ouvrières, et tous les plus mauvais coups lui étaient permis. Elle salissait déjà tout autour d'elle. Rien ne trouvait grâce à ses yeux et elle harcelait tout le petit personnel sous ses ordres. Puis elle a arrêté le travail, à la suite de problèmes de santé, je ne sais pas vraiment lesquels, j'ai entendu parler de migraines, pas facile à vérifier, et elle n'a plus rien fait, à part emmerder le monde. Elle a réussi à se faire mettre en invalidité, mais c'était du pipeau, car ça ne l'a pas empêché de trotter un peu partout pour dire du mal des autres et de se livrer à ses petits et gros trafics, toujours mauvaise et profiteuse. Encore une qui aura passé sa vie aux crochets de la société !

— Je répète ma question, et j'insiste, madame Postolec : à votre connaissance, a-t-elle harcelé et fait souffrir quelqu'un en particulier ? Quelqu'un qui aurait donc eu, encore plus que les autres, des raisons de la haïr et de souhaiter sa mort ?

— Oui, j'y pense… Elle a martyrisé pendant des années un couple de voisins, les épiciers de la rue Courbet, là juste à côté, vers le port, et surtout

Clarisse, l'épicière. Germaine Nuz habitait en face de chez eux et ne les laissait jamais tranquilles. Elle passait son temps à poursuivre la jeune femme pour se moquer d'elle et l'insulter. Elle la traitait de tous les noms et lui disait les pires saloperies. Clarisse, madame Lachuer, était déjà fragilisée par des deuils familiaux. Elle avait perdu l'un de ses frères et sa filleule dans un accident de la route. Elle avait attrapé un cancer de l'utérus, très jeune, avait été opérée, avait eu beaucoup de mal à s'en remettre. L'idée de ne pas avoir eu d'enfant la désespérait, et Germaine Nuz appuyait toujours là où ça faisait mal. Elle la surnommait "Tricostéril". Je ne sais pas où elle était allée chercher un nom pareil ! Mais vous voyez quand même le niveau minable de la bonne femme et sa terrible méchanceté ! Clarisse était fragile et vulnérable, alors sa voisine s'acharnait de plus en plus sur elle, la provoquait sans arrêt, l'interpellait, l'insultait et se moquait d'elle tout le temps.

— Les épiciers n'ont pas porté plainte contre elle ?

— Si, bien sûr ! Ambroise, son mari, est allé plusieurs fois se plaindre à la mairie et à la police. Il s'était même fait accompagner de quantité de témoins, presque tout le quartier y est passé et a essayé de le soutenir et de l'aider, un jour ou l'autre. Mais personne ne l'a jamais écouté. C'était un homme doux et beaucoup trop gentil, qui travaillait trop, presque jour et nuit. Au magasin toute la journée, les commandes, les clients, les livraisons. Il faisait tout lui-même pour permettre à sa petite femme de rester à l'appartement se reposer. On se demandait même s'il lui arrivait de prendre un peu le temps d'aller dormir. Quand il allait se plaindre de l'attitude de Germaine Nuz, il avait droit à quelques belles paroles avant d'être renvoyé chez lui. D'ailleurs, les gendarmes et le maire de la commune affirmaient ne pouvoir rien faire contre cette femme. Elle était intouchable. Aucune loi ne tient compte de ce type de harcèlement ni ne le punit. Il y a des gens comme Germaine Nuz, Monsieur, qui ont le droit de faire souffrir sans arrêt les autres, et personne ne dit rien, surtout ceux dont le rôle devrait être de protéger les honnêtes gens sans défense comme cette pauvre femme. Les choses ont donc ainsi continué. Clarisse a progressivement sombré dans la dépression et de plus en plus, malgré les traitements et quelques séjours, parfois longs, dans les services de psychiatrie de l'hôpital. Germaine Nuz se moquait d'elle, de plus en plus, lui rendait la vie infernale, c'était un harcèlement de tous les instants. Vous ne pouvez pas imaginer… Elle la suivait dans la rue et dans les magasins où elle allait faire ses courses, l'observait, la pourchassait dans les travées, détaillait ses achats, l'attendait à la caisse et se livrait à des commentaires aigres et désobligeants. Clarisse, je vous l'ai déjà dit, était d'une nature fragile et délicate, elle avait été longtemps malade et était très fatiguée. Elle s'est progressivement enfoncée dans la déprime, n'avait plus de goût à rien et l'autre charogne s'acharnait sur elle. Un jour, ce qui devait arriver est arrivé, Clarisse a craqué, comme on dit aujourd'hui. Elle a mis fin à ses jours en se jetant du haut du viaduc routier. Le jour de ses obsèques, Germaine Nuz, pavoisait dans le quartier, se montrait partout, s'efforçait de bomber sa maigre poitrine et affichait des airs de victoire. Le pauvre Ambroise Lachuer estimait que la voisine avait poussé sa femme au suicide, il a lui-même sombré dans un profond désespoir qui a duré plusieurs années et dont il est sorti progressivement avec l'aide de quelques amis, mais n'a pas caché qu'un jour, il vengerait sa femme. Il était inconsolable, on m'a dit qu'il passait des journées entières, tous ses jours de congé, à pleurer sur la tombe de sa femme au cimetière de Plounéour-Ménez. Il disait, et le répétait à qui voulait l'entendre, qu'un jour, il vengerait sa femme.

— Savez-vous ce que ce pauvre homme est devenu ? Vit-il encore ? Où s'est-il retiré ?

— La retraite venue, il a vendu son commerce, hanté de trop de mauvais souvenirs, et s'est retiré au Relecq, une petite bourgade des Monts d'Arrée, dans la fermette qu'il avait héritée de ses parents et qu'au fil des années, il avait retapée pendant les rares congés qu'il pouvait prendre. Je n'y suis jamais allée, mais on m'a dit que c'était juste à côté de l'abbaye, presque à toucher un étang. Il semblait usé, définitivement triste, et ne voulait plus voir personne. C'est terrible de vieillir seul, Monsieur, et je sais de quoi je parle ! Et encore, moi j'ai mes enfants et mes petits-enfants, même s'ils ne viennent pas bien souvent me voir…

Nous prîmes congé de madame Postolec après l'avoir remerciée. Elle n'avait manifestement pas envie de nous voir partir. Elle avait sûrement encore beaucoup de choses à nous dire.

— N'hésitez pas à revenir me voir si vous avez besoin d'autres renseignements, je peux vous parler de Germaine Nuz jusqu'à demain. Je sais tellement de choses sur elle ! Finalement, je suis contente qu'elle soit morte. Elle ne méritait pas de vivre.

— Guillaume, ça te dirait d'aller faire un tour dans les monts d'Arrée ? On va aller ensemble rendre visite à ce vieux monsieur. On va commencer par lui et faire les choses dans l'ordre. Il y en a peut-être d'autres qui auraient pu pousser la vieille salope à l'eau… Tu parles de portraits qu'on nous en fait et tu parles d'un pedigree ! On en vient, nous-mêmes, à être heureux qu'elle ait fini dans le port ! On verra après-demain en début d'après-midi… Le matin, j'ai des écritures à faire au bureau et quelques contrôles dans un immeuble de la rue de Brest occupé par des sans domicile fixe. De toute façon, il n'y a rien de pressé, vu le profil de notre ancien épicier, il ne risque pas de s'envoler ni d'aller se réfugier sous les cocotiers des îles réputées paradisiaques…

XIV

Le standard, à l'accueil du commissariat, me fit passer un message téléphonique. C'était Géraldine, la guide du château du Taureau. Elle souhaitait me rencontrer. Je lui donnai rendez-vous au Tempo, un bar relié à la place Puyo par une passerelle. Une grande terrasse au soleil, presqu'à toucher les bateaux. Une vieille dame jetait du pain à des canards et à une oie de Guinée.

— Je sais que vous enquêtez sur le cadavre qu'on a trouvé dans la citerne du Taureau. J'aurais voulu vous parler l'autre fois quand vous êtes venu au château, mais le gardien, André Maout, rôdait par là, et comme je ne l'aime pas tellement et qu'il me le rend bien, j'ai préféré ne pas continuer à vous parler. Il veut tout savoir, tout vérifier et tout contrôler. Il a gardé ses habitudes de gardien de prison. En plus, c'est un vicieux. Vous devez chercher à savoir qui est venu au château, cette nuit-là, et vous avez dû apprendre que quelques bateaux ont accosté au château. J'y suis venue avec un groupe d'amis.

— Je sais, un groupe de fêtards a abordé au château vers quatre heures du matin.

— Vous le savez donc déjà ! Nous avions une soirée sur le port de Térénez. Tout un groupe de copains d'enfance qui se retrouvent tous les étés pour un barbecue sur la plage. Tous les mêmes depuis des années et tellement ravis de se retrouver ! Des copains de lycée et leurs conjoints. On avait mangé, bu, beaucoup trop pour certains d'entre nous. On a eu l'idée d'aller faire un tour en mer. L'un de nos amis a un grand semi-rigide. Ils m'ont demandé si on pouvait aborder au château, on l'avait fait très souvent, quand le château était à l'abandon, livré aux rats et aux goélands, et ouvert à tous vents, ils savaient que j'avais la clé et ils ont insisté disant que ce serait drôle de le visiter la nuit. Je pense qu'ils voulaient jouer à se faire peur. Le syndrome Fort Boyard, comme à la télévision. Je n'étais pas trop pour, mais mes amis ne me lâchaient pas. Je me suis laissé faire, je dois dire que, moi aussi, j'avais aussi pas mal bu. Je ne l'aurais sans doute pas fait autrement… C'est idiot ce que j'ai fait là car j'aurais pu perdre ma place. Arrivée au château, je suis allée ouvrir la porte, mais, à ma grande surprise, elle était déjà ouverte. J'ai eu peur. J'ai pensé que Maout était peut-être à l'intérieur, après avoir caché son zodiac dans les rochers, au nord du château, côté île aux Dames, ce qu'il fait quelquefois. Il lui arrive même d'y passer toute la nuit, car il s'imagine je ne sais quel trafic et veut en surprendre les auteurs. Il croit toujours qu'il y a une quantité de trafics autour de lui. Je crois surtout qu'il en veut à tous ceux qui peuvent contrarier et gêner ses propres trafics. Il surveille le château comme s'il s'agissait de sa propriété privée. C'est un malade. Il se fait des films à longueur de journée. Il doit regarder trop de feuilletons à la télévision ! Ou alors, c'est lui qui trafique je ne sais quoi. Il se croit peut-être toujours à la prison de l'Hermitage à Brest… Vous savez qu'il a été accusé d'avoir fourni des téléphones, de l'alcool et même du cannabis à des prisonniers ? Un gardien de prison faire une chose pareille ! Contre de l'argent, évidemment. Il a été condamné pour corruption et licencié sur-le-champ. Tout le monde l'a lu dans les journaux.

— Oui, je suis au courant. Je sais tout cela, car je me suis renseigné auprès du directeur de la prison, j'ai pris contact avec le tribunal de Brest et j'ai même lu le compte rendu de l'affaire dans les journaux de l'époque. Je me demande comment il s'en est tiré aussi facilement et comment il n'a pas été mis en prison lui-même !

— Je ne comprends pas surtout pas comment il a pu être embauché comme gardien du Taureau. C'est assez incompréhensible. Il a forcément un casier judiciaire, et même pas mal garni. Il a dû tricher d'une manière ou d'une autre, ou bénéficier d'une protection quelconque… Il doit y avoir encore je ne sais quelle grosse magouille, là derrière.

— Nous allons nous charger de vérifier ce point-là aussi. Mais revenons à cette fameuse soirée. Vous et vos amis êtes repartis aussitôt sans pénétrer à l'intérieur du château ?

— Oui, j'étais même pressée de partir. Je n'étais pas tranquille du tout. Heureusement, Jean-Philippe, le propriétaire du bateau, qui est un vieux copain, a bien compris et n'a pas fait de difficultés. Il a rembarqué tout le monde et nous sommes rentrés à Térénez finir la nuit. Je suis venue vous en parler, parce que je ne voulais pas que, par ma faute, votre enquête ne s'égare dans une mauvaise direction et que vous perdiez du temps à enquêter sur la présence de notre zodiac au château, cette nuit-là… Nous n'étions là que pour nous amuser après boire, ce qui n'est pas très malin.

— Je le savais déjà, un témoin vous a vus au château et vous a vus repartir vers Térénez, quelques minutes après. Je vous avais déjà sortis de mon enquête.

— Vous ne perdez pas votre temps ! Vous semblez soupçonner Maout…

— Pas plus qu'un autre. Je soupçonne tout le monde et personne en particulier. Je cherche, c'est mon métier, sans a priori, et nous enquêtons dans toutes les directions, nous ne laissons rien au hasard. Nous finirons, un jour ou l'autre, par découvrir qui a tué ce pauvre garçon, puis l'a mis dans la citerne. Nous y travaillons, mais pour l'instant, nous ne progressons guère… Pour répondre à votre question, je pense que Maout n'est pas très clair et que ce personnage est assez déroutant. Inquiétant aussi par certains aspects… Je crois surtout qu'il a quelque chose à nous cacher. C'est peut-être pour cela qu'il fait mine de nous aider…

— À mon avis, il faut déjà bien connaître le château. Moi, je savais qu'il y avait une citerne, je l'ai lu dans la documentation qu'on m'a fournie pour préparer mon travail, je connais le plan du château et je sais évidemment où elle se trouve, je sais même qu'elle contient trente-six mille litres d'eau, mais j'ignorais absolument comment on pouvait l'ouvrir. Je savais juste qu'il y avait un robinet en bas dans la cour. Mais un robinet condamné et dont personne ne s'était servi depuis des années. Peut-être quand même les maçons qui ont travaillé à la réfection du château pour mouiller leur mortier… Maout, lui, connaît toute la forteresse dans le moindre détail. Je suis sûre qu'il n'y a que lui à savoir certaines choses…

— De sorte que, selon vous, il ferait un coupable idéal ?

— Je ne vois pas qui d'autre pouvait fourrer le nez dans cette citerne. Il doit être l'un de rares à connaître son emplacement exact et je n'ai jamais entendu quelqu'un en parler. C'est vrai que je ne l'aime pas, Maout. Je le reconnais sans problème. Il me fait peur, je m'arrange pour ne jamais rester seule avec lui dans le château. Il a une tête d'assassin, on ne sait jamais ce qu'il pense ni ce qu'il complote. Il fait des messes basses avec certains visiteurs du château qu'il semble bien connaître et avec lesquels il s'enferme dans son bureau. Il regarde les gens d'une drôle de manière, sournoise, surtout les femmes… Il est célibataire, m'a-t-on dit, et me semble un peu obsédé sexuel. Du genre satyre. Il me donne la chair de poule quand il me fixe comme il le fait, de ses petits yeux de rat. J'ai l'impression d'être une petite souris blanche en face d'un cobra. D'ailleurs, je m'arrange pour ne jamais rester seule avec lui. Je n'ai aucune confiance !

— Ce n'est quand même pas suffisant pour en faire le coupable d'un meurtre assorti d'une dissimulation de cadavre ! Si tous ceux qui ont une tête d'assassin passaient à l'acte… C'est le trop fameux délit de sale gueule. D'après vous, pourquoi aurait-il pu tuer ce jeune étudiant ?

— Je ne sais pas, peut-être parce qu'il est capable de tuer toute personne qui entre au Taureau sans son autorisation. C'est son domaine réservé. Il aura trouvé le gars dans le château et l'aura balancé par-dessus le parapet, dans la cour intérieure. Ou votre jeune homme aura vu quelque chose qu'il n'aurait pas dû voir. Maout a une force de cheval et le petit étudiant m'a semblé plutôt gringalet. Il ne devait pas être de taille à lui résister. Maout est une brute épaisse !

— Maout vous a-t-il déjà parlé de cette histoire de souterrain qui partirait du Taureau pour atteindre un manoir dans la campagne de Plouézoc'h ? La victime était à la recherche de ce souterrain.

— Je l'ai entendu en parler, répondant à des questions de visiteurs, mais il affirmait qu'il s'agissait d'une légende, qu'on n'avait jamais trouvé la moindre trace du départ d'un souterrain. On voyait bien qu'il n'aimait pas qu'on en parle, je ne sais pas trop pourquoi. Il s'énervait tout de suite si on en parlait. C'est bizarre… Il interdit à quiconque de descendre dans les sous-sols du château, une centaine de mètres carrés quand même sur les plans… On y accède par une trappe dans le plancher de la tour. Il ne supporte pas que les visiteurs du château, même les enfants, essaient de regarder par le soupirail qui donne sur la cour. D'ailleurs, il l'a occulté à l'aide d'une plaque de contreplaqué sans rien demander à personne. Il fait ce qu'il veut dans le château. C'est son domaine réservé et personne ne sait vraiment ce qu'il fabrique là-dedans. Je pense qu'il y cache quelque chose. Il a mis un gros cadenas sur la trappe qui permet de descendre aux sous-sols. Lui seul peut y descendre. Et il la surveille sans arrêt, personne n'a le droit d'approcher… À votre place, j'irais voir là-dedans…

— Vous y croyez, vous, à l'existence de ce souterrain ?

— Je ne sais pas, mais pourquoi pas ? D'ailleurs, pour tous les châteaux, on parle d'un souterrain. Un été, vers mes quinze ans, avec mes parents, j'ai visité les principaux châteaux cathares, dans le sud de la France, et à chaque fois, il était question d'un souterrain permettant d'échapper à d'éventuels assaillants et qui menait au loin dans la campagne ou dans une chapelle perdue dans la nature, parfois aussi dans un autre château. J'ai même entendu dire qu'entre certains monastères et les plus proches couvents de religieuses, on trouve des tunnels et des passages secrets… On fait quantité de plaisanteries là-dessus. Un copain de lycée soutenait même qu'à Saint-Pol-de-Léon, en plein centre-ville, autrefois, entre une école tenue par des religieuses et une école voisine, tenue par des curés…

— J'en ai aussi entendu parler, il y a quelques années. Des fantasmes de potaches très certainement, et une blague assez habituelle… L'existence d'un tunnel est, en effet, un lieu commun de l'imagination populaire et a inspiré quantité de romanciers. Passer d'un endroit à un autre sans se faire voir, aller à la rencontre d'une belle, fuir l'ennemi, échapper au danger ou aux regards en toute sécurité, c'est sûrement assez magique…

Je remerciai Géraldine de sa collaboration spontanée. Elle m'avait donné son adresse et son numéro de téléphone. Je la regardai monter dans sa petite voiture japonaise bicolore. En quelques foulées, je la rattrapai et fus auprès d'elle. Elle abaissa sa vitre.

— Mademoiselle, j'ai quelque chose à vous demander. Pourriez-vous me prêter votre clé du château du Taureau ? Juste pour la soirée. J'ai quelque chose à vérifier immédiatement. Je la remettrai ce soir dans votre boîte à lettres. Vous l'y trouverez demain matin, sans faute !

Elle fouilla dans son sac à main et me tendit sa clé avec un large sourire et me fit, en repartant, de la main, un petit geste gracieux. Pourquoi ai-je eu brusquement le sentiment d'être vieux, en tout cas un peu trop vieux ? Je réfléchissais en regagnant le commissariat. Une intuition… Je venais de comprendre à quelle activité se livrait Maout. Je téléphonai aussitôt à la brigade de gendarmerie de Saint-Pol et à mes collègues de la police des frontières. Le zodiac des pompiers allait nous attendre au Kelenn. J'appelai Arsène et Joana et je déclenchai un branle-bas général.

XV

Arrivés au Taureau, le pont-levis et la grande porte passés, nous nous rendîmes directement au rez-de-chaussée de la Tour Française. La trappe d'accès au sous-sol était là, fermée par un lourd cadenas. Nous en fîmes sauter les pitons sans trop de difficulté. Un petit escalier de pierre donnait accès à une vaste pièce sans ouverture, sombre et qui sentait l'humidité et le salpêtre. Nos lampes électriques éclairaient les murs nus et le sol inégal. Nous étions au niveau de la roche même du Taureau. Nous nous mîmes à inspecter les lieux. Tout de suite, une évidence nous sauta aux yeux : des hommes avaient vécu là récemment. On percevait une vague et légère odeur de tabac. J'y étais infiniment sensible, n'ayant, pour ainsi dire, jamais fumé de ma vie.

Dans un coin, plusieurs bouteilles d'eau, des couvertures et un seau hygiénique. Je me souvenais d'une certaine cabane d'ostréiculteur sur l'île d'Oléron et d'un trafic de passeurs de migrants que j'avais mis au jour quelques années auparavant.*

De toute évidence, Maout hébergeait des hommes dans ce sous-sol, avant de les conduire à Roscoff où ils tenteraient probablement d'embarquer sur un ferry à destination de l'Angleterre. Nous avions compris et nous en savions assez. Les spécialistes de la police scientifique viendraient ensuite passer les lieux au peigne fin.

Arrêté le lendemain matin, conduit au commissariat et interrogé sous le régime de la garde à vue, André Maout ne fit guère de difficultés pour reconnaître les faits. Il faisait bien partie d'un réseau organisé qui aidait des migrants à essayer de passer la Manche. Il les cachait dans le sous-sol du Taureau et les conduisait à Roscoff, sur l'enrochement du port en eau profonde, puis les abandonnait à toucher les bateaux de la Brittany ferries. Ensuite, il ne s'en préoccupait plus. Il n'était qu'un maillon dans une organisation qui le dépassait. On lui remettait une enveloppe régulièrement. Jamais la même personne. Une enveloppe bien gonflée. Cela lui suffisait, il savait trop bien qu'il ne fallait pas chercher à en savoir davantage. Nous l'avions interrogé sans relâche des heures durant. Il avait farouchement nié

**Carantec à corps perdu*, même auteur, même éditeur.

avoir tué Xavier Delarue. Il reconnaissait tout, sauf la mort de notre étudiant.

J'avais tendance à le croire et mes collègues aussi. Pourquoi en effet s'il l'avait tué et mis dans la citerne, serait-il allé de lui-même découvrir le cadavre ?

Nous l'avions présenté à un juge d'instruction qui l'avait mis sous mandat de dépôt criminel, sur la présomption d'avoir tué Xavier Delarue au château de Taureau et d'avoir dissimulé son cadavre dans la citerne de la forteresse.

Maout semblait payer pour l'ensemble de son œuvre. Il était rattrapé par son passé et sa mauvaise réputation. On l'avait écroué à la prison de Ploemeur, près de Lorient. Il connaissait trop bien la prison de l'Hermitage à Brest, théâtre de ses agissements frauduleux. Il y aurait été en territoire trop connu et aurait pu magouiller et se livrer à différents trafics avec des prisonniers qu'il connaissait depuis longtemps.

Malgré tout, je n'étais pas satisfait de la tournure de cette enquête. Je demeurais persuadé que Maout était trop facilement le coupable idéal du meurtre de Xavier Delarue. Le personnage m'était absolument antipathique, c'était même une fieffée crapule, mais nous n'avions aucun aveu. Sa mise en examen avait été annoncée et commentée dans la presse locale.

Nous avions donc les coudées franches pour poursuivre notre enquête. Particulièrement au château du Taureau. Nous ne l'aurions plus dans nos jambes.

Nous avions à nouveau convoqué Bruno L'Hostis et nous l'avions soumis à un nouvel interrogatoire.

— Je croyais que vous aviez arrêté le coupable. C'était dans le journal d'hier…

— Comment saviez-vous que Xavier allait passer la nuit au château du Taureau ?

— Il le criait sur tous les toits. Tout le monde le savait. Demandez à tous les copains ! Toute la terrasse du “Crépuscule” était au courant, peut-être même toute la ville de Morlaix…

— Comment avez-vous fait pour entrer dans le château ?

— La porte n'était pas fermée à clé, je me suis contenté de la pousser.

— Vous étiez venu pourquoi ? Pour le tuer ?

— Non, je voulais m'expliquer avec lui. Je vous l'ai déjà dit l'autre jour.

— À quel sujet ?

— Marion m'avait largué pour lui. Je vous l'ai déjà dit l'autre jour également…

— Pourquoi ?

— Je ne sais pas trop. Sûrement pas par amour. Me faire larguer pour un branquignol pareil, un éternel ahuri, une sorte d'intello barbichu, c'est absolument insupportable ! Mais il avait de l'argent, beaucoup d'argent.

— D'où le tenait-il, il était étudiant, sans ressources connues, il n'avait jamais travaillé et n'avait pas de famille pour lui venir en aide.

— Il avait hérité d'un oncle, un vieux célibataire de la région de Saint-Pol, un vieil avare qui avait cultivé des choux et des artichauts toute sa vie et avait amassé une petite fortune avec son élevage de porcs. Ce n'est pas comme maintenant, c'était, sans doute, une autre époque, et les petits cochons, ça rapportait gros, mais c'était avant ! Et là, miracle pour Xavier, un coup de téléphone d'un notaire… Il se trouvait être le seul héritier du vieux péquenot… Et, hop, le jackpot, la fortune d'un jour à l'autre ! Lui qui, jusque-là, tirait le diable par la queue, n'avait jamais un radis d'avance et tapait continuellement les copains. Marion qui l'avait rencontré au Crépuscule et qui, jusque-là, ne le regardait même pas, s'est tout de suite vivement intéressée à lui. Elle n'a plus rien vu d'autre, et elle savait y faire. Elle avait tout de suite flairé le parfait pigeon… C'est lui qui lui a donné l'argent pour acheter son salon d'esthétique, il y a deux ans environ, elle, elle a donné son cul en échange, ce qui ne lui coûtait guère et, naturellement, elle m'a jeté comme la dernière de ses vieilles culottes. Marion est comme ça et depuis toujours ! Je suis sûr que Xavier ne reverra jamais le moindre centime de l'argent qu'il lui a prêté. Je crois même savoir qu'elle a déjà fait ce coup-là à d'autres ! Dès qu'elle met la main sur une carte bancaire, d'où qu'elle vienne, ça chauffe grave.

— Et vous êtes allé essayer de le rejoindre au château. Drôle d'endroit quand même pour une discussion et une mise au point avec un rival !

— Je voulais profiter de la nuit et de l'atmosphère du château pour lui faire peur.

— Quel intérêt ?

— Aujourd'hui, je ne sais pas trop. Je voulais regagner Marion. Je l'aime et je crois qu'elle m'aime aussi.

— Vous auriez pu trouver un autre endroit pour le rencontrer…

— Sûrement, mais je voulais lui faire peur. Et, en plus, j'étais dans le coin, puisque je passais mes journées à bricoler le matériel de mes amis de Radio Brinic.

— Et vous n'avez pas trouvé Xavier ?

— Non, il n'y avait personne. J'ai regardé partout, j'avais une lampe électrique. À la fin, j'ai appelé, et même plusieurs fois, mais aucune réponse. Je n'ai pas insisté, ma voix résonnait dans la cour du château et c'était plutôt lugubre. Je n'étais pas tranquille…

— Et vous êtes parti comme vous étiez venu…

— Oui, j'ai repris le kayak et je suis allé au Kelenn. Je vous l'ai déjà dit l'autre fois sur l'île Noire.

— Qui, à votre avis, a pu tuer Xavier ?

— Je n'en ai aucune idée. Il a pu faire une mauvaise rencontre…

— Vous étiez quand même le seul à avoir directement intérêt à sa disparition. Il vous avait pris Marion et vous étiez terriblement jaloux…

— Quand même pas au point de vouloir sa mort !

— Vous êtes quand même allé au château du Taureau avec des intentions pas très amicales…

— C'est vrai, je voulais lui faire peur, mais de là à le tuer !

— Alors qui ?

— Je ne sais pas, il a pu tomber tout seul. Il fait sombre là-dedans, il n'y a aucun éclairage, et il devait être tellement occupé à regarder les étoiles, la tête en l'air ! Il était plutôt du genre intellectuel et pas très physique. Il avait aussi emporté une bouteille de vodka… Alors peut-être, s'il y avait touché…

— Il n'avait pas bu une seule goutte, les analyses sont formelles. Le gardien du château a retrouvé la bouteille intacte dans l'échauguette au coin nord de la terrasse. De toute façon, il n'est pas allé tout seul dans la citerne. D'ailleurs, comment savez-vous qu'il avait emporté une bouteille de vodka ?

Il hésita, sembla gêné comme s'il comprenait qu'il avait fait une erreur. Je laissai passer et me gardai de relever… Je venais de marquer un point. J'exploiterais cet avantage plus tard… Ce garçon ne me semblait pas clair du tout.

— Je ne sais pas. Il a dû le dire à tout le monde, comme le reste. Probablement au café du Crépuscule. Ou ailleurs, à tous ses copains…

— C'est Marion qui vous a dit que Xavier était au château du Taureau, cette nuit-là ?

— Pas vraiment. Je vous répète que tout le monde était au courant du projet de Xavier. Il en parlait à tout le monde. Demandez aux copains…

— C'est peut-être elle aussi qui vous a poussé à y aller le rejoindre… Vous la fréquentez toujours ? Comment saviez-vous que vous trouveriez la porte ouverte ?

Il hésita, extrêmement gêné. Il se troubla. Je sentais bien qu'il mentait. Qu'il fréquentait toujours Marion Sénéchal, et même de très près. Nous n'étions pas arrivés à obtenir une réponse claire à nos dernières interrogations. La question de la barre à mine que j'avais vue auprès du kayak sur l'île Noire, me turlupinait particulièrement. Et mon ami Michel Jeanne avait probablement raison, c'était là un point fondamental de notre enquête. Je n'avais jamais vu personne utiliser une barre à mine pour soulever des rochers à la pêche aux ormeaux et je me posais donc des questions sur la présence d'un tel outil à l'île Louët.

Je ne voyais pas trop l'intérêt de son passage au Taureau et ses motivations ne me semblaient pas très claires. Il y avait tant d'autres endroits pour avoir une explication avec Xavier ! Nous l'avions laissé partir en lui demandant de ne pas s'éloigner de Morlaix et de rester à tout moment joignable par la police. Nous avions vraiment hésité à le mettre en garde à vue.

— Il faudra que nous le retrouvions un jour. Ce jeune homme me semble nous cacher quelque chose. Laissons du mou au poisson, nous saurons le ramener à nous, paisiblement, et le ferrer quand il le faudra ; il ne perd rien pour attendre !

— Tu le crois vraiment coupable ?

— Je ne sais pas. Pour l'instant, nous n'avons aucune charge contre lui. Nous avons actuellement deux coupables possibles, complètement différents et qui n'ont aucun lien entre eux. De plus, l'un d'entre eux est déjà en prison… Il y en a au moins un de trop. Chacun, de toute évidence, nous cache quelque chose. Nous n'avons pas le moindre début de preuve.

Arsène y alla de son petit commentaire personnel :

— Il est franc comme un âne qui recule, ce gars-là ! Je suis sûr qu'il nous a baladé. On aurait dû lui mettre quelques bonnes baffes sur la gueule…

Arsène avait parfois de son métier une déontologie un peu particulière, ses méthodes étaient révolues et n'avaient, de toute façon, jamais été les miennes. Et ne le seraient jamais. Nous retrouverions Bruno L'Hostis un jour ou l'autre. Il n'avait aucun moyen réel de quitter Morlaix.

J'avais chargé Guy Millau, mon jeune collègue et époux de Joana, d'enquêter sur les comptes en banque de Xavier Delarue et de sa compagne, Marion Sénéchal. Guy avait pris contact avec le notaire de Xavier, Maître Monfort, à Plouénan, et avait pris rendez-vous avec son conseiller au Crédit Mutuel Agricole.

— Xavier avait hérité de son oncle agriculteur à Plouvorn, pas une grosse fortune mais tout de même une somme assez rondelette. Environ deux cent cinquante mille euros.

— Ah, quand même ! Ce n'est pas du tout ce que m'a dit Marion l'autre jour ! Elle m'a parlé d'un héritage tout à fait modeste, presque une aumône, l'État s'étant servi le premier et ayant pris la plus grosse part.

— Elle t'a donc menti. Il a hérité d'une belle somme. Xavier en a donné la plus grosse partie, presque cent mille euros, à Marion pour acheter son institut de beauté, qu'elle a payé comptant, alors qu'elle ne disposait d'aucun apport personnel, même pas un traître centime. Il ne lui a fait signer aucune reconnaissance de dettes, du moins on n'en a trouvé aucun document officiel.

On trouve les traces de ces virements sur son compte en banque. L'un, lors de la promesse d'achat, l'autre, deux mois après, à la signature de l'acte de vente. La plupart des courses et des grosses dépenses du couple, comme les factures de gaz, d'électricité ou de garage, c'est lui qui les règle depuis qu'ils vivent ensemble. Il utilise surtout des titres interbancaires de paiement. Et peu de chèques. J'ai pu le vérifier aisément.

Joana haussait les épaules, secouait la tête, lançait ses cheveux en arrière et semblait perdre patience.

— Il n'a pas pris la plus élémentaire précaution, du moins officielle, devant un notaire par exemple, c'est quand même un drôle de pigeon, beaucoup trop naïf à mon goût ! Il s'est fait avoir dans les grandes largeurs.

— Il a fait confiance, c'est naturel, c'est le propre même de l'amour…

Ma jeune collègue prit feu aussitôt et réagit vivement :

— L'amour, encore l'amour ! Il a bon dos, l'amour, Guillaume ! À la place de ton Xavier, je n'aurais pas eu, une seule seconde, confiance en cette fille !

— Pourquoi ? Ils couchaient et vivaient ensemble depuis presque deux ans.

— Coucher, coucher et vivre ensemble ! Évidemment ! Tu rigoles, c'est vraiment n'importe quoi ! Je n'aurais jamais eu confiance en cette fille, je te le répète, je ne la sens pas.

— Voilà que ça recommence, toi et tes impressions, ce n'est pas nouveau cette défiance instinctive vis-à-vis de certaines femmes. Surtout des jeunes femmes. Tu ne leur fais guère confiance, ce qui est assez étonnant de la part de quelqu'un de leur âge.

— Je te répète que je ne la sens pas. Je ne peux pas te le dire autrement. Tout sonne faux chez elle, son apparence physique, ses allures, son comportement ; je ne lui aurais pas prêté un centime d'euro ! Sûrement pas, c'est même complètement exclu... L'autre fois, non plus, je ne me suis pas trompée sur le compte de la blondasse du camping et tu as bien dû reconnaître que j'avais raison.* Toi, dès que tu vois une femme, surtout si elle est un peu gironde, tu frétilles de partout et tu perds les pédales. Plus de boussole, tu ne prends même pas la peine de réfléchir une seconde, tu lui fais par avance une confiance aveugle et tu lui donnerais ta dernière chemise et même, dès la première minute, le code secret de ta carte bancaire ! C'est ton côté vieux dragueur parfaitement niais et crédule ! C'est pour cela

Les Amours Noires du Léon, même auteur, même éditeur.

que les femmes t'ont roulé dans la farine toute ta vie. À chaque fois, tu t'es fait embobiner, tu n'as jamais rien vu venir. Ce n'est pas vrai ce que je dis là ?

— Revenons à notre enquête et à nos personnages…

— Tu préfères évidemment ne pas me répondre… Qui ne dit mot…

— Il lui reste tout de même de l'argent sur son compte ?

Guy fit la moue, haussa les épaules et consulta une série de fiches.

— Plus grand-chose, en vérité… Un peu encore, mais ça diminue à vue d'œil. J'ai étudié ses derniers relevés de banque. Quantité de dépenses somptuaires. Restaurants, et pas n'importe lesquels, les plus renommés et les plus chers de préférence, magasins et boutiques de mode, bijouteries, chausseurs de luxe, un voyage au Maroc l'été dernier, un séjour de dix jours à la neige dans un grand hôtel de Chamonix, sûrement trop huppé pour eux… Marion a acheté sur catalogue une quantité de planches et de matériel dernier cri pour faire du paddle et du kite-surf. Pratiquement du matériel et des accessoires de professionnel. De jolies factures, croyez-moi, ça en est même assez renversant ! Sans compter quantité de petits achats par Internet. Elle a acheté et payé comptant une Renault Mégane dernier modèle et avec toutes les options possibles. Le coupé le plus luxueux et le plus cher. La carte grise est au nom de Marion évidemment, mais c'est Xavier qui a rédigé le chèque. Je suis allé vérifier auprès du concessionnaire de la marque à Morlaix. Il a dépensé une petite fortune l'année dernière. Son conseiller bancaire que j'ai rencontré et qui voyait le compte se vider rapidement, commençait à se poser des questions en regardant ses relevés et avait même l'intention de le convoquer pour l'inciter à une certaine modération.

— Tout cela donc au profit de Marion ?

— Pour l'essentiel, oui. Elle m'a tout l'air d'en avoir bien profité… En tout cas, il a tout partagé avec elle et on peut dire qu'ils ont bien flambé ensemble. Mais, encore plus étonnant, car depuis que son compagnon a disparu, elle a encore bien fait chauffer la carte ! Et même plus que ça ! En une quinzaine de jours, elle a craqué plus de vingt mille euros. Bijouteries, coiffeur, parfumeries, boites de nuit, un week-end pour deux en thalasso à Roscoff, avec les prestations et les soins les plus chers et menus gastronomiques midi et soir. Elle profite bien de la disparition de Xavier et elle ne perd pas son temps ! C'est même assez frénétique ! On dirait qu'elle dépense le plus possible et le plus rapidement possible. L'héritage a complètement fondu en quelques mois !

— Tu as bien dit une thalasso pour deux… L'autre, c'est qui ?

— Ah, je n'ai pas songé à le vérifier. J'aurais dû le faire évidemment. Je vais tout de suite téléphoner à Roscoff, vous le saurez dans quelques minutes…

Guy revint un quart d'heure plus tard, le sourire aux lèvres. L'autre était Bruno L'Hostis.

— Je m'en doutais un peu, figure-toi !

Joana exultait évidemment, tapa des deux mains sur le bureau et s'exclama :

— Tu vois, Guillaume, que ta Miss cheveux rouges se moque de nous depuis longtemps et dans les grandes largeurs. Elle craque le fric de son disparu et mène grand train avec son amant de cœur. Elle ne prend pas beaucoup de précautions ! Tout cela lui semble bien naturel. Très à l'aise…

— J'ai aussi comme l'impression que ces deux-là se sont bien moqués de nous…

— Depuis le début, j'en suis certaine. Elle fait semblant de pleurer son compagnon, de s'inquiéter de son sort, nous demande de le retrouver et, pendant ce temps-là, elle n'a pas l'air de trop s'ennuyer. Avec l'argent de son cher disparu ! L'argent n'a pas d'odeur ! Tu te souviens de son discours au cimetière… Quelle hypocrite ! Elle file le parfait amour avec son Bruno ; ils sont, à mon avis, parfaitement complices. Ils ont tout organisé ensemble. Je suis sûre qu'elle n'a jamais quitté Bruno et je crois même qu'elle n'a fourré ce pauvre Xavier dans son lit que le temps de lui croquer son héritage, jusqu'au dernier centime. Et apparemment, elle y est presque parvenue… Des amants assez diaboliques, finalement, et bien organisés, qui se sont arrangés pour dépouiller l'autre pauvre garçon, sans doute amoureux transi et trop crédule… Sans défense par conséquent. J'avais raison de me méfier de cette poupée peinte et de ne pas lui faire confiance. Tiens, encore une qui t'a bien mené par le bout du nez ! Le bout du nez, si l'on veut. Tu ne t'es pas méfié une seconde et tu n'as rien vu venir… Les filles t'ont baladé toute ta vie. Même les plus jeunes te roulent maintenant dans la farine, mon pauvre ami ! Il faudrait te mettre à la retraite d'office ! Je vais suggérer à Évelyne Lemétayer, notre chère patronne, d'en faire la demande le plus tôt possible auprès de sa hiérarchie.

— Ne dis pas n'importe quoi et arrête donc un peu de te moquer de moi sur le sujet des femmes, je finirai à la longue par m'agacer et mal le prendre. Je ne suis pas si poire et, en définitive, tu ne sais pas grand-chose de ma vie privée. Mais revenons à notre enquête. Comment vas-tu t'y prendre pour prouver qu'elle a tué Xavier ? Elle a dilapidé son héritage, certes, mais cela n'en fait pas une criminelle. Elle a tout simplement exploité et tondu ras un brave garçon amoureux et naïf, ce qui doit être assez courant dans le monde que nous vivons…

— Sans doute. Cela doit même se faire depuis la nuit des temps…

— On trouvera bien un moyen de la coincer un jour ou l'autre, notre belle esthéticienne aux cheveux rouges. On a déjà un coupable en prison pour le meurtre de Xavier Delarue. Et on en cherche un autre, ce qui n'est pas très logique. C'est assez compliqué, notre bazar !

XVI

Nous étions, Arsène et moi, allés rendre visite à Ambroise Lachuer au Relecq. Il habitait, auprès de l'abbaye, une lourde bâtisse jaunâtre et lépreuse, en cours de restauration et ceinturée d'échafaudages. Le petit homme ne nous avait pas entendus arriver. Plié en deux, les fesses en l'air, les jambes écartées entre deux rangs, il cueillait des haricots verts dans son potager, avec précaution, puis les déposait dans un panier d'osier.

— Monsieur Ambroise Lachuer…

Il se retourna, ne manifesta guère de surprise et nous gratifia d'un éclatant sourire sur une bouche édentée. Il semblait rayonner.

— Je suis sûr que vous êtes des policiers, que vous êtes là pour moi et que vous êtes venus me chercher pour me conduire en prison…

— En effet, monsieur Le Fur, nous sommes le commandant Le Fur et le capitaine Le Treut du commissariat de Morlaix.

— Je vous attendais, vous avez quand même mis le temps pour me trouver ! Ce n'était pas bien difficile pourtant… J'étais prêt depuis longtemps, j'avais mis mes affaires dans ma valise, elle est prête au bas de l'escalier et j'ai même cru que j'allais être obligé d'aller chez vous, à Morlaix, pour vous demander de m'arrêter et de m'envoyer en prison. Je me suis même dit que vous n'étiez vraiment pas très doués pour les enquêtes. J'étais très étonné. Mais je suis très heureux que vous m'ayez trouvé ! Oui, c'est moi qui ai poussé Germaine Nuz à l'eau sur le port de Locquénolé, et rien que pour ça, je suis très heureux d'aller en prison ! Je suis tellement content d'avoir tué cette vieille charogne !

— Monsieur Lachuer, vous allez devoir nous accompagner jusqu'à Morlaix. Nous avons quelques questions à vous poser…

— Attendez-moi, je range juste mes outils et je mets mes effets du dimanche. Je ne vais quand même pas aller en prison avec mes sabots pleins de terre et mes habits de jardin !

— Prenez votre temps, monsieur Lachuer, nous ne sommes pas pressés.

— J'arrive tout de suite !

Il trottina jusqu'à la porte de sa maison. Nous lui laissâmes le temps de nourrir ses lapins et ses poules, de se préparer, de fermer soigneusement sa petite maison, de confier ses clés à une proche voisine en lui faisant quantité de recommandations. Il lui confia aussi un petit cadre argenté qu'il tenait à l'envers, serré contre sa maigre poitrine, et qu'il embrassa longuement avant de le remettre entre les mains de sa voisine. Délicatement. Tous ses gestes étaient menus. Il était une petite silhouette fragile et attendrissante. Il portait, boutonné serré, un vieux costume gris usé et démodé, qui aurait pu être son costume de mariage, des dizaines d'années auparavant, et qui l'avait peut-être été ou peu s'en fallait. Il avait dû mettre sa plus belle tenue. Il se tassa dans un coin sur le siège arrière et personne ne dit mot jusqu'au commissariat de la place des Halles à Morlaix. Une petite toux de souris par moments à l'autre et des raclements de gorge qu'il étouffait dans le creux de ses mains tremblantes.

Nous avions conduit Ambroise Lachuer dans mon bureau au commissariat. Nous lui avions demandé s'il avait faim et lui avions proposé un sandwich. Il refusa, se contentant d'un petit verre d'eau où il trempa à peine les lèvres. Le médecin que nous avions fait venir pour la visite réglementaire, nous avait confié que le vieux monsieur avait le cœur fragile et qu'il valait mieux le ménager si nous ne voulions pas qu'il nous « claque entre les doigts. » Il nous l'avait dit en ces termes. Ambroise Lachuer ne voulait pas de la présence d'un avocat, disant qu'il n'avait aucun besoin d'être défendu et que ce qu'on ferait de lui n'avait pas beaucoup d'importance. Il semblait tout à fait résigné et en même temps serein, presque heureux. Il regardait autour de lui en souriant. Il avait quatre-vingt-cinq ans et paraissait tellement soulagé de pouvoir raconter l'histoire de sa vie ! Nous la connaissions déjà, mais nous le laissions parler. Il avait travaillé comme ouvrier boulanger, puis avait repris une petite boulangerie-épicerie-bazar dans ce quartier de Saint-Martin-des-Champs. Sa femme avait travaillé quelque temps à la Manufacture des Tabacs, mais elle était tombée malade. On avait diagnostiqué un cancer de l'utérus et après une opération, elle était restée fragile et dépressive. Elle avait aussi perdu dans un accident de la circulation un frère et une cousine germaine dont elle était très proche. Elles avaient été élevées ensemble chez une tante, dans une ferme du côté de Saint-Thégonnec.

— Nous avions les époux Nuz comme voisins immédiats. Nos maisons étaient mitoyennes et nos jardins n'étaient séparés que par une petite haie de lauriers-palmes. Je m'étais lourdement endetté pour me mettre à mon compte et je travaillais dur. Je fabriquais le pain la nuit et Clarisse tenait la boutique. Emmanuel Nuz était ouvrier plombier, un homme gentil et serviable, mais sa femme, Germaine, était très méchante, surtout avec Clarisse. Elle ne la laissait jamais tranquille, la guettait sans arrêt, l'observait, la narguait et souvent l'insultait par-dessus la haie. Elle la traitait de tout, une quantité de mots tous aussi dégoûtants les uns que les autres, que je ne peux même pas répéter ici. Car, en plus, elle était plutôt obsédée, et elle n'avait que des horreurs et des grossièretés à la bouche. Elle se moquait d'elle car nous n'avions pas eu d'enfant. Elle la faisait pleurer presque tous les jours. Un jour, Clarisse a quitté la maison pendant que j'étais au travail et s'est jetée du haut du pont routier. Elle m'avait laissé un petit mot sur la table de la cuisine. Elle me demandait pardon, mais elle n'en pouvait plus. C'était un mardi matin. Je vous l'ai déjà dit chez moi, ce matin, avant de venir ici, que nous avions fêté nos cinquante années de mariage, deux jours avant, le dimanche. Nos noces d'or. Nous étions heureux et nous pensions déjà à nos noces de diamant, dix ans après… C'était il y a quinze jours, mais Clarisse n'était plus là. J'avais choisi ce jour-là pour tuer Germaine Nuz, et je l'ai fait. Je ne le regrette pas.

— On peut comprendre votre réaction, monsieur Lachuer. Vous avez donc décidé de vous venger de cette Germaine Nuz qui, pour vous, était responsable du suicide de votre épouse ?

— Oui. Le jour de l'enterrement de Clarisse, au cimetière de Plounéour, au bord de sa tombe encore ouverte, je lui ai juré qu'un jour, je ferai payer sa méchanceté à Germaine Nuz et que je la vengerais. C'était une charogne et une belle salope ! De ma vie, je n'ai jamais dit de gros mots que pour qualifier cette garce, et là, ils me viennent tous. En tout cas, ceux que je connais. Je ne peux pas m'en empêcher, c'est plus fort que moi, et ça me fait même beaucoup de bien.

— Vous avez prémédité et préparé votre vengeance…

— Ah oui, depuis la mort de Clarisse, je n'ai pensé qu'à ça ! J'y ai pensé et repensé tout le temps, jour et nuit ; cela m'empêchait de dormir me réveillait en sursaut puis me gardait éveillé jusqu'au petit matin. Je peux dire que je n'ai plus vécu que pour la venger. D'abord, je ne savais comment faire. Je n'ai pas d'arme à feu et, de toute façon, je n'aurais pas su m'en servir. Je ne me voyais pas lui taper sur la tête avec une barre de fer, elle était bien plus grande et sans doute plus forte que moi. Je ne me voyais pas non plus enfoncer un couteau dans son ventre car je n'aime pas le sang et j'ai déjà du mal à tuer un lapin ou à saigner un poulet. Je demande à mes voisins de le faire pour moi. Mais quand j'ai su qu'elle avait déménagé à Locquénolé, je l'ai surveillée souvent et je me suis rendu compte qu'elle passait ses soirées à traîner sur le port, sans doute à dire du mal des gens, sûrement même. Alors il m'est venu l'idée de la pousser à l'eau et de la noyer. J'avais enfin trouvé comment faire ! J'ai attendu longtemps, dix ans quand même, puis un jour, je me suis décidé. J'avais peur qu'elle meure de maladie ou de vieillesse ou que quelqu'un d'autre la tue à ma place. Elle avait fait souffrir tellement de gens, un peu partout ! Je le devais à Clarisse et je ne pouvais pas faire autrement. J'ai poussé cette vache à l'eau, il y a quinze jours, un soir de juillet vers onze heures. Le 10 juillet, pour être précis. Elle a quand même poussé ma pauvre Clarisse du haut du viaduc de Morlaix. Pas directement, bien sûr, mais c'est de sa faute, entièrement de sa faute, ce qui est arrivé à ma pauvre femme ! Si elle avait laissé Clarisse tranquille, ce malheur ne serait pas arrivé, et ma petite femme serait encore là. Je vois les choses comme ça, c'est la vérité, et je ne regrette rien. Si vous saviez ce qu'elle lui a fait subir ! J'espère que vous me croyez… Des années durant, elle ne l'a jamais laissée tranquille, pas une seule journée, pas une heure de la journée ! Elle téléphonait même parfois la nuit. Il n'y avait personne au bout du fil ou alors on l'entendait ricaner ou débiter des grossièretés. C'était vraiment l'enfer. J'ai vengé ma petite femme. Je le lui avais promis, le jour de son enterrement. J'avais même choisi la date. Je vous le répète, le jour de nos noces de diamant, le 10 juillet. Je n'ai pas peur de la prison, je suis seul, je n'ai besoin de personne et personne n'a besoin de moi. Je suis seul pour toujours. Je vis déjà enfermé en prison depuis si longtemps ! Ma tête, ma pauvre tête, c'est ma prison. Je n'ai plus peur de rien. Maintenant, j'ai fait ce que j'avais à faire, tout le reste n'a pas d'importance, pas même moi. Je peux donc me laisser mourir tranquille.

Une larme perla au coin de son œil, enfla, grossit encore et glissa lentement sur sa joue burinée, s'arrêtant dans le réseau serré des rides du visage. Il allongea la jambe, tira un grand mouchoir à carreaux de sa poche, le déplia, s'essuya et se moucha le plus discrètement possible en détournant la tête.

Arsène et moi nous regardions, extrêmement gênés et perplexes. La confession du pauvre homme et ses aveux nous avaient bouleversés. Mon collègue Arsène me fit un clin d'œil, je confirmai d'un petit mouvement de la tête.

Ambroise Lachuer nous regardait longuement, l'un puis l'autre, ses yeux larmoyants clignant dans son visage étroit et ridé.

— Vous ne voulez pas me mettre en prison ?

— Non, je crois que non, monsieur Lachuer.

— Mais j'ai poussé cette vieille vache à l'eau, je suis un assassin et je ne regrette rien ! Je suis même heureux de ce que je lui ai fait et j'ai agi avec préméditation, comme vous dites, j'avais tout préparé depuis longtemps, des années même ! On ne peut pas y penser depuis plus longtemps ! Et si c'était à refaire, je n'hésiterais pas une seconde, même si on devait me couper le cou.

— On ne coupe plus le cou à personne en France depuis longtemps, monsieur Lachuer. Et heureusement, car nous vivons dans un pays réputé civilisé. Pour le moment du moins. Cette femme, cette Germaine Nuz, vous a fait tellement de mal que les juges, au tribunal, vont considérer que vous étiez, d'une certaine façon, en état de légitime défense. Ils comprendront votre geste, même sans l'excuser tout à fait. De toute manière, ils ne vous condamneront pas. Et vous savez, nous-mêmes à leur place, on ferait la même chose…

Nous avions du mal à trouver les mots justes. Arsène baissait la tête, extrêmement gêné, et son visage s'empourprait. Le vieil homme hochait la tête et cherchait à comprendre, l'air désemparé et incrédule.

— Vous trouvez donc que j'ai eu raison de pousser Germaine Nuz dans la mer ?

— Pas tout à fait quand même, et nous n'irons pas jusque-là, monsieur Lachuer. Personne en France, jusqu'à présent, n'a le droit de se faire justice. Mais disons que nous vous comprenons et qu'à votre place, nous aurions peut-être fait la même chose que vous. Surtout si nous avions vécu ce que vous avez vécu… Ces choses-là, sauf quand elles vous arrivent… Si nous avions souffert comme vous avez souffert de la mort brutale et injuste de votre femme, nous aurions peut-être aussi poussé la dame Nuz à l'eau… Tous les hommes se ressemblent dans le malheur, le désespoir et la colère. Nous allons vous reconduire chez vous, monsieur Lachuer.

— Vous êtes gentils, mais j'aurais pu prendre un taxi, j'ai de l'argent dans mon portefeuille, ou appeler un voisin pour venir me chercher à Morlaix…

Notre embarras était grand et palpable. Le petit homme se leva, repoussa sa chaise sous le bureau, s'essuya les genoux de la paume de la main, tira soigneusement les pans de son vieux veston défraîchi et haussa les épaules. Il avait une sorte de brouillard devant les yeux.

— Enfin, c'est quand même vous qui voyez, car ça m'était bien égal d'être en prison tout le temps qui me reste à vivre. Il y avait juste mes lapins et mes poules, mais ma voisine en aurait pris soin. Et aussi la photo de Clarisse. Peut-être que j'aurais eu le droit de l'emmener en prison ? Vous croyez, vous, qu'on m'aurait laissé l'emmener avec moi ?

— Certainement, monsieur Lachuer. J'imagine que les juges aiment leur femme. Comme la plupart des hommes.

À la porte, Ambroise Lachuer remit sa casquette et l'ajusta avec soin, hésita, leva la tête, comme s'il interrogeait le ciel. Il tombait un crachin gras et épais, assez surprenant pour un soir de juillet. Arsène allait ramener Ambroise Lachuer chez lui et j'étais certain que nous n'en entendrions plus jamais parler. Je n'étais pas fâché de les voir partir et de mettre un terme à cette enquête déroutante, trop simple et si triste ! Un drame du quotidien, un de plus. Je me demandais pourquoi personne n'avait fait le moindre geste ni n'avait même pas levé le petit doigt pour protéger un homme comme celui-là. Pour nous, la noyade de Germaine Nuz venait de devenir accidentelle. Nous n'avions rien enregistré et, du bout du doigt, j'effaçai toute trace de l'interrogatoire. Officiellement et définitivement. Nous avions acquitté et absous le coupable, et donc, le dossier était clos. Le non-lieu parfait. Arsène souriait et chantonnait, dissimulait son embarras en roulant religieusement une cigarette et se préparant à partir. Ma conscience était tranquille, j'étais soulagé, nous allions pouvoir nous concentrer entièrement sur l'enquête sur le disparu au château du Taureau.

Arsène ramena donc le petit homme Lachuer chez lui. Assis sur les bancs de bois, des deux côtés de la grande table de ferme, à eux deux, ils mirent un point d'honneur à finir la bouteille de porto. Resté seul, Ambroise Lachuer remit la bouteille vide à sa place, tout au fond du placard de la cuisine, et gagna sa chambre, montant prudemment marche après marche, posant un pied puis l'autre et s'accrochant ferme à la rampe de l'escalier. Et il chantait *La Vie en rose*. À tue-tête et de toutes ses maigres forces.

XVII

J'étais allé à nouveau à la rencontre du policier municipal de Carantec. Un personnage ! Jovial, une allure de bon vivant, le teint allumé, une épaisse moustache à la gauloise, Je lui demandai s'il s'était passé quelque chose de particulier cette nuit-là. Il consulta son ordinateur, puis ouvrit un gros cahier dont il tourna sèchement les pages.

Vous savez, les nuits d'été et même à toutes les vacances, on en voit de toutes les couleurs. Comme dans la plupart des stations de vacances. Beaucoup d'ivresses sur la voie publique, du tapage nocturne et quantité de petites incivilités Cette nuit-là, rien de bien extraordinaire, la routine en quelque sorte. Voiture vandalisée, rétroviseurs tordus, jet de bouteilles vides dans la vitrine d'une agence immobilière, tapage nocturne rue de la Marne, dépôt d'ordures rue de Verdun, plainte de riverains agacés d'être réveillés toutes les nuits d'été par des klaxons, des hurlements d'ivrognes ou des bagarres dans la rue. Les fauteuils et les tables de la terrasse du bar l'Équipage ont été retrouvés auprès de l'église, disposés autour du monument aux morts et couverts de canettes vides. Le lendemain matin, un habitant de Penn Lann est venu porte plainte. On avait volé la planche de stand-up paddle de son petit-fils sur le petit quai, au bas de leur propriété, tout juste à la pointe.

— Ici, comme partout ailleurs, c'est assez banal l'été, surtout en fin de vacances, au moment des retours. S'il reste une petite place dans la voiture ou sur son toit, on emprunte un kayak, une planche à voile, un moteur hors bord, des casiers, des filets de pêche et même des bacs à fleurs en béton qui pèsent très lourd ! On nous en a volé plusieurs le mois dernier ! Il faut bien rentabiliser les vacances et prévoir les suivantes dans un autre endroit de la côte, probablement… Et on recommencera…

Nous étions au café ce lundi matin, juste avant de prendre possession de nos bureaux respectifs, et nous en étions mollement aux échanges rituels : le week-end passé, les perspectives du travail de la semaine, les faits divers, les résultats sportifs et les potins de la ville où excellait Arsène. Mes collègues semblaient plutôt fatigués et moroses. Je m'adressai à Joana qui, pensive et l'air résigné, trempait dans son café la corne d'un croissant, le nez dans sa tasse et le regard dans le vague.

— Qu'as-tu fait de ton dimanche ?

— Avec Guy, mon tout nouveau et tendre époux que tu vois ici à mes côtés, pas trop bavard et mal luné, et qui n'a pas l'air plus réveillé que moi, nous avons couru le semi-marathon de l'île de Batz. À allure pépère. Nous avons réalisé un temps minable et indigne de notre niveau. Presque deux heures, mais le décor était superbe. En fait, nous avons fait du tourisme sur les dunes fleuries et les petits les chemins de sable, qui longent les grèves. La mer de tous les côtés, les odeurs d'algues, de fenouil, d'herbes grillées par l'été, et de plantes des dunes. Il faisait un temps magnifique, j'avais davantage envie de me baigner et de me vautrer sur la plage que de courir et de transpirer. Tu ne diras pas le contraire, Guillaume, tu connais bien ce parcours, je crois que tu l'as fait à plusieurs reprises, il est magnifique…

— Vingt-cinq années d'affilée avec des résultats inégaux selon ma motivation et ma forme du moment.

— C'est en effet remarquable ! Mais pourquoi pas cette année ?

— J'avais d'autres obligations et vraiment envie d'être ailleurs.

— Une femme ? Encore une nouvelle ? Un petit week-end en amoureux ? Raconte…

— Non, pas du tout et d'ailleurs, cela ne te regarde pas et ça commence à devenir une idée fixe chez toi de me coller des aventures à tout bout de champ ! Presque une nouvelle à chaque retour de week-end. J'ai quand même d'autres façons d'occuper mes dimanches… À t'entendre, je passe mon temps à courir la gueuse…

— On ne prête qu'aux riches, mon cher ! Évidemment, tu ne nous diras pas où tu étais, ce que tu faisais ni avec qui, gros cachottier. Laissons Monsieur cultiver ses petits secrets, plus il prend de l'âge, plus il en accumule… Une vraie collection !

— Je vais quand même te dire à quoi j'ai passé mon dimanche. Je suis allé voir une exposition de Paul Sérusier à l'Office du Tourisme de Châteauneuf-du-Faou. Tu sais le peintre dont je t'ai montré la tombe au cimetière Saint-Charles, lors des obsèques de Xavier Delarue. Puis je suis allé au château de Trévarez que je n'avais pas revu depuis plusieurs années. Mon petit chien a couru dans le parc parmi les massifs de rhododendrons. Puis nous avons marché sur le chemin de halage du canal de Nantes à Brest. Voilà, tu sais tout…

— En parallèle et en complément du semi-marathon, une association, dont je n'ai pas retenu le nom, a organisé une compétition, un triathlon d'un genre un peu particulier. Un ensemble très original de trois épreuves. Après avoir couru le semi à l'île de Batz, les concurrents devaient aller nager un kilomètre sur la plage du Clouet à Carantec, puis, de là, rejoindre les écluses Morlaix en SUP, stand-up paddle. Tu te souviens de ce que c'est ?

— Évidemment ! Tu me prends vraiment pour un vieux croûton sans cervelle et bas de la casquette ! On pagaye debout sur une planche. D'ailleurs, pourquoi désigner ce sport par des mots anglais ? Plutôt intéressante comme épreuve et drôlement physique, ton triathlon maritime…

— C'est assez costaud en effet et réservé à des athlètes complets et aguerris. Nous étions aux écluses à la fin des épreuves, Guy et moi, juste en passant, et en curieux. En fait, on s'était arrêtés pour admirer les bateaux, car il y avait de superbes vieux gréements dans le port. Un spectacle magnifique. Et sais-tu qui j'ai vu à l'arrivée de cette compétition de paddle ?

— Je ne sais pas, aucune idée… Comment, d'ailleurs, pourrais-je le savoir ? Qui donc ?

— La belle Marion Sénéchal. Elle figurait en très bonne place, et même dans les toutes premières places du classement féminin, une véritable spécialiste de ce sport ! Elle avait toute une cour autour d'elle, qui la cajolait et la félicitait. Elle rayonnait, souriait à tous, sa crinière rose au vent… Plutôt musclée et athlétique, la belle esthéticienne ! La bête de concours ! Mon petit mari, ici présent, en était impressionné… Pas vrai, Guy ? Ne fais pas l'hypocrite et celui qui n'a rien vu ! Tu ouvrais des yeux larges comme des soucoupes… Elle m'a remarquée dans la foule, m'a évidemment très bien reconnue et m'a adressé un petit bonjour furtif de la tête… Mais j'ai eu l'impression qu'elle semblait un peu gênée que je me trouve là. Juste une impression fugitive…

Je claquai violemment la table du plat de la main. Mes collègues sursautèrent et me regardèrent avec étonnement. Un gobelet de café se renversa et Joana repoussa vivement sa chaise en arrière.

— Merde, Guillaume ! Mon pantalon ! Qu'est-ce qui te prend ? Tu deviens dingue ou quoi ?

— Nous y sommes enfin ! Je crois qu'on a trouvé ! En tout cas, nous tenons cette fois-là un vrai fil conducteur.

— Qu'est-ce que tu racontes ? Explique-toi !

— Joana, quand tu auras fini d'essuyer ton pantalon et d'éponger ton petit désastre, tu voudras bien récapituler pour nous, les moments où nous avons entendu parler de pagaie debout, stand-up paddle en anglais, ce sport nautique à la mode depuis quelques années.

Elle froissa et posa le mouchoir en papier sur la table, réfléchit un bon moment et secoua d'un côté et de l'autre ses longs cheveux bruns, rejetant brusquement la tête en arrière.

— Je pense d'abord au témoignage des amants de l'île Louët, le beau-frère et la belle-sœur qui s'envoyaient en l'air, sur le petit coin d'herbe et de mousse que tu sembles connaître intimement, au sommet du rocher, juste au-dessus du phare. Ils ont vu passer une fille qui pagayait la nuit, venant de la pointe de Penn-Lann, gagnant le chenal et peut-être le château du Taureau. Aux environs de vingt-trois heures, si ma mémoire est bonne.

— À quelle date et à quel moment ?

— Le jour ou plutôt la nuit de la disparition de Xavier Delarue qui devait se trouver dans le château à cette heure-là. C'était le 13 juillet.

— Mais encore ! Continue…

— La visite que nous avons faite à Albert Morisset, le policier municipal de Carantec, moustachu jovial et plantureux. Il nous a dit qu'un habitant de la commune était venu déclarer en mairie le vol d'une planche de paddle sur un petit embarcadère privé au bas de sa villa, tout à la pointe de Penn-Lann, face au château du Taureau.

— À quelle date ?

— La nuit du 13 juillet, encore la nuit de la disparition de Xavier Delarue. Et aussi la nuit où les amants du rocher de l'île Louët ont vu passer une fille sur une planche.

— N'est-ce pas un peu curieux ? Peut-être simplement une coïncidence… Continue !

— L'arrivée d'une compétition de paddle à laquelle j'ai assisté avec Guy, aux écluses de Morlaix hier vers dix-huit heures. Avec Marion Sénéchal au nombre des participants à cette course et presque la grande vedette féminine de la discipline. En tout cas, une excellente spécialiste entourée de tout un clan d'admirateurs en tenue bariolée !

— Il serait intéressant de mettre tout cela bout à bout. Marion Sénéchal, d'une certaine façon, est le point commun de toutes ces situations.

Mes collègues hochaient la tête, plutôt sceptiques. Ils avaient l'air de trouver que je m'enflammais un peu vite et que j'avais la déduction un peu hâtive. Arsène faisait la moue, haussait les épaules et levait haut les mains…

— C'est plutôt ce sport nautique, le paddle comme tu l'appelles Guillaume, qui est le point commun à ces situations. Pas vraiment Marion Sénéchal en personne. Je crois que tu t'emballes un peu vite. Mais il y a là, tout de même, des coïncidences étranges. Je suis obligé de le reconnaître…

— Soit. Nous allons donc, sans plus attendre, convoquer cette jeune personne. Son salon d'esthétique doit être fermé ce lundi matin, comme tous les magasins de la ville de Morlaix. Nous avons son adresse, nous irons la cueillir à son domicile, près du stade de Coatserho, vers dix heures. Je vais m'occuper des formalités nécessaires.

XVIII

Je téléphonai au policier municipal de Carantec il me donna le nom et le téléphone du propriétaire de la planche qui avait été volée. J'allai lui rendre visite à la pointe de Penn Lann, mais ce matin-là, je n'avais pas trop le temps de rester admirer le paysage. Monsieur Léopold était un médecin à la retraite, un homme grand et maigre, aux cheveux blancs et aux manières courtoises et distinguées. Il m'expliqua qu'on avait retrouvé la planche de son petit-fils au Roc'h Glas, tout au bout de la plage du Clouet, abandonnée, contre le mur en schiste qui borde le chemin côtier, entre deux annexes de plaisanciers. Il l'avait récupérée et remisée dans son garage. Je lui expliquai qu'un service spécialisé de la police viendrait examiner la planche et y relever les empreintes.

Joana avait mené dans les salles de sport sa petite enquête sur les activités de Marion Sénéchal. Elle avait appris qu'elle était championne de judo et avait même été qualifiée pour les championnats de France en catégorie junior, quelques années auparavant.

— Ainsi, elle n'a pas dû avoir beaucoup de mal à basculer Xavier Delarue par-dessus le parapet en granit et à le faire basculer dans le vide… Un spécialiste de ce sport nous donnerait en japonais le nom de cette prise. Je l'ai oublié, mais tu veux que je te la montre ?

— Tu n'espères quand même pas me soulever et me jeter par-dessus le bureau, espèce de petite mauviette !

— Non, quand même pas. Tu es trop lourd pour moi et tu sais parfaitement te défendre. Je ne fais pas le poids et je ne prends pas le risque. Par contre, Xavier Delarue n'était pas bien lourd, il était même tout à fait léger, un poids plume, et je n'aurais eu aucun mal à le balancer de la terrasse par-dessus le parapet. Ce que je pourrais faire, Marion, compte tenu de son bagage technique et de sa force musculaire, peut l'avoir fait très facilement.

Arsène Le Treut avait enquêté à Plouigneau et était allé à la rencontre des parents de Marion Sénéchal. Il avait recueilli des éléments intéressants. Il avait appris que son père avait été moniteur de voile au château du Taureau dans les années soixante, que plus tard il y avait souvent emmené sa fille et qu'ils y allaient souvent pique-niquer en famille à la belle saison. Ils débarquaient avec leur chien, leurs provisions et leur barbecue. Comme beaucoup d'autres d'ailleurs, puisque le château était ouvert à tous vents et complètement à l'abandon. Elle devait donc connaître parfaitement tous les recoins du château. Son père avait dû lui en raconter l'histoire au cours des siècles…

Nous attendions le résultat des empreintes relevées sur la planche. Pas de doute, ses empreintes figureraient parmi d'autres sur le dessus du flotteur. Nous étions convaincus de confondre Marion, si, par chance, la mer ne les avait pas toutes effacées… Les pagaies devaient comporter quantité d'empreintes digitales. La planche aussi, si elle l'avait portée de la mer jusqu'en haut de la plage, parmi les annexes des pêcheurs et au ras du chemin côtier qui borde la plage du Clouet.

Marion, dans nos bureaux depuis le matin, nous tenait tête avec un sourire désarmant.

Elle ne comprenait pas pourquoi nous l'avions convoquée. Nous lui parlâmes de sa situation matérielle :

— Xavier vous a avancé l'argent pour acheter votre salon de beauté, une forte somme quand même…

— C'est exact. D'ailleurs, je ne l'ai jamais caché à personne.

— Vous n'êtes pas passés par un notaire, vous n'avez pas établi de reconnaissance de dette ?

— Pour quoi faire ? Nous étions en totale confiance.

— De sorte que, maintenant, Xavier étant décédé, vous n'avez rien à rendre à personne et votre commerce ne vous a pratiquement rien coûté. C'est tout de même assez troublant…

— Pour qui ?

— Je ne sais pas. Pour la morale, mademoiselle Sénéchal.

— En somme, vous pensez que j'aurais pu me débarrasser de Xavier pour ne pas à avoir à le rembourser ? C'est une façon bien expéditive pour effacer ses dettes ! Vos soupçons sont insensés !

Nous attendions l'arrivée du résultat des analyses d'empreintes pour abattre notre carte maîtresse. Marion Sénéchal ne pourrait pas nier l'évidence. Nous allions enfin la coincer. Elles nous arrivèrent enfin. La planche retrouvée au Roc'h Glas à Carantec et les pagaies présentaient quantité d'empreintes différentes, mais aucune empreinte de Marion Sénéchal. Tout l'édifice que nous avions échafaudé s'écroulait d'un seul coup ! Elle n'avait pas volé la planche en question pour aller au château du Taureau tuer son compagnon. Nous nous étions lancés encore une fois sur une fausse piste. Et nous étions obligés de la laisser repartir sans l'inquiéter le moins du monde. Nous lui fîmes même des excuses. Elle semblait soulagée, sans plus, souriait et n'avait pas l'air de nous tenir rancune de notre interrogatoire. Je crus même qu'elle allait nous faire la bise en partant. Elle me fit avant de franchir la porte un large et bien étrange sourire. À la fois une invitation et une provocation.

Joana ne décolérait pas, trépignait et s'agitait sur sa chaise.

— Tu as vu comme elle te drague ou plutôt comme elle te nargue, cette pétasse ! Elle ne perd rien pour attendre ! Je suis persuadée qu'elle est coupable. C'est elle qui a fait le coup, j'en suis sûre et certaine ! On l'a ratée de peu. Juste à cause de cette histoire de planche volée et d'empreintes qu'on n'y a pas trouvées. Pourquoi nous focaliser particulièrement sur cette planche qui n'a, on vient de le voir, rien à voir avec notre affaire ? Nous nous sommes intéressés à elle un peu par hasard. Un vol de planche à Carantec et juste une coïncidence de date. N'empêche que, ce soir-là, une fille pagayait à onze heures vers le château du Taureau. Une mordue de ce sport… C'est elle, j'en suis sûre !

— Tu ne l'aimes décidément pas et tu veux, à tout prix en faire une coupable.

— Ce n'est pas vrai, je n'ai aucun parti pris contre cette fille. Je réfléchis, c'est tout. Mais Marion est une compétitrice de paddle, elle a accès à quantité de planches. Elle doit sûrement en avoir une dizaine chez elle, peut-être même plus. De toutes tailles, de tous modèles, de toutes formes et de toutes les couleurs. Et de tous les prix certainement. Guy nous a bien dit qu'elle en avait acheté plusieurs avec l'argent de Xavier, des modèles haut de gamme et coûtant une petite fortune. Il faut aussi que tu saches qu'il existe aujourd'hui des planches gonflables, qu'on peut ranger dans un petit sac et transporter tout à fait discrètement dans le coffre de sa voiture. À peine plus encombrantes qu'un grand sac à main. Tout le reste se tenait, les témoignages, son absence d'alibi pour la soirée où Xavier a disparu. Elle est allée, dit-elle, au cinéma, mais personne ne l'y a vue. On ne peut rien vérifier de ce côté. Elle n'a pas le genre à aller au cinéma toute seule, elle est parfaitement inculte, comme la plupart des filles de son âge. Elle a pu lire le résumé et la critique du film dans n'importe quelle revue spécialisée ou tout simplement dans *Le Télégramme*. Elle avait des motifs de vouloir se débarrasser de son compagnon qui lui avait donné beaucoup d'argent pour acheter son salon de beauté. Une forte somme qu'elle n'aurait jamais pu ni voulu lui rendre. Lui disparu, lui supprimé plutôt, plus de dettes, plus de comptes à rendre à personne. À nous la belle vie ! La vie tranquille avec l'autre, avec lequel elle n'a jamais cessé de coucher, auquel elle tient et qu'elle n'a jamais écarté de sa vie. Bien au contraire ! Alors qu'elle nous a raconté tout l'inverse. Tu vois bien qu'elle a toujours des relations avec ce Bruno. Belle carrure, belle gueule et peut-être des qualités cachées… Marion est une sportive et n'aime que les sportifs, alors que Xavier était du genre intello, maigrichon et freluquet. Marion et Bruno étaient en thalasso ensemble, ce n'est quand même pas par hasard… Là encore, elle nous a mené en bateau. On s'est fait avoir comme des ânes, mon cher Guillaume ! Cette fille est une manipulatrice et je la sens comme une bien belle salope, encore une décidément ! Maout n'est certainement pas un personnage très recommandable, mais je ne crois pas qu'il ait tué Xavier Delarue. Le roi de la magouille sûrement, et traficoteur en diable, mais cela n'en fait pas un criminel. Il a toutes les apparences et surtout sa réputation et son passé contre lui. Il a des choses à cacher et se trouve coincé. Avec tes recherches sur le passage de migrants, tu ne dois pas être loin de la vérité… Je crois qu'on n'en tirera rien de plus, même sous la torture ! Nous restons sur des hypothèses. Et s'il avait tué Xavier, pourquoi serait-il allé découvrir son cadavre dans la citerne ? Ce n'était pas du tout son intérêt ! Guillaume, crois-moi, on fait fausse route. Il va falloir revoir Marion Sénéchal. Il va falloir qu'on lui rentre dedans ou qu'on la piège d'une manière ou d'une autre.

— Toi, quand tu as une idée en tête…

— Elle n'est pas ailleurs, c'est sûr, on me l'a dit si souvent.

Une semaine passa. Nous avions cru enfin toucher

au but Nous n'étions pas plus avancés, notre déception était énorme et nous commencions à désespérer. Le moral de mes collègues était au plus bas. Évelyne Lemétayer fumait de plus en plus. Elle avait toujours son paquet de cigarettes à la main et son briquet dans l'autre. Elle était d'une humeur massacrante…

XIX

Ma journée finie, j'allais à ma salle de sport en laissant ma voiture sur le parking privé du commissariat. Je passai par la rue du Mur. Marion Sénéchal était assise à la terrasse du Crépuscule. Tout au ras de la rue, elle offrait ses jambes au soleil, plutôt provocante dans une petite robe bleue tirée haut sur ses cuisses savamment entrouvertes. Son institut de beauté était à quelques mètres, juste au-dessus de la place. Elle me fit un petit signe de la main et m'invita à prendre un café. J'étais, comme d'ordinaire, très largement en avance. Cette fille m'intriguait. Elle avait l'air si sûre d'elle. J'acceptai donc son invitation Elle me confia qu'elle avait une demi-heure de battement entre deux clientes et qu'elle en profitait pour faire une pause. Elle minaudait avec le sourire de la feinte innocence. Nous parlions de sport, elle me vanta les charmes et les bienfaits du paddle, son sport préféré. Elle voulait m'y initier. On donnait des cours gratuits sur la plage du Kelenn, le dimanche suivant. J'aimais la mer et j'étais plutôt sportif, elle était convaincue que je serais immédiatement séduit par cette activité. Je sentais qu'elle en faisait trop et qu'elle tentait le diable. Je n'étais pas le diable, pas encore tout à fait, mais elle jouait, elle provoquait, multipliant sourires enjôleurs, savants jeux de jambes, minauderies et mimiques sensuelles. Je la laissais venir.

— Vous viendrez ? Faites-moi plaisir. Nous organisons des séances d'initiation au paddle le matin et l'après-midi, et comme tous les ans, une compétition de bon niveau, le tour de l'île Callot. Venez vers dix heures, je vous attendrai sur la plage.

Elle me dit que j'allais découvrir ce sport et sûrement y prendre goût. Elle insistait. Je décidai de me laisser tenter et j'acceptai sans trop me poser de questions. J'avais en tête comme je ne sais quelle intuition. J'en parlai le lendemain à ma petite équipe, nous convînmes d'un plan et je donnai quelques instructions précises à Guy et à Joana. Ils devaient venir nous rejoindre sur la plage du Kelenn en tout début d'après-midi. Nous allions essayer de tendre un piège à la belle aux cheveux rouges. Je chargeai Joana de prendre toutes les dispositions nécessaires.

Marion m'avait donc donné rendez-vous au Kelenn à Carantec, le dimanche suivant aux environs de dix heures. Je la retrouvai au bord de l'eau, face au plongeoir. Elle m'avait préparé une planche et des pagaies. Elle me regarda arriver en maillot de bain, me regarda de haut en bas et émit un long sifflement admiratif.

— Vous gagnez vraiment à être connu…

— Eh oui, mademoiselle Sénéchal, mais il n'y a pas de miracle. Pour ces choses-là, il n'y aura jamais de miracle. C'est tout simplement le résultat de trois longues séances de musculation par semaine depuis plus de trente ans.

Elle m'avait montré comment tenir sur la planche et comment y remonter si je tombais. Au début, j'avais passé plus de temps dans l'eau que sur la planche. Je n'étais pas sûr de vouloir persévérer dans cette activité. Marion Sénéchal avait bien ri de me voir barboter comme un canard, partir à la renverse et passer plus de la moitié du temps dans l'eau. Elle semblait tenir sa petite revanche, s'esclaffait et s'amusait ouvertement. J'avais quand même réussi à aller faire le tour du rocher de Saint-Carantec sans passer trop de temps dans la mer. Pas si mal finalement, et je n'étais pas mécontent de cette première expérience.

L'après-midi, se déroulait donc le tour de l'île Callot. Une compétition qui avait attiré une foule considérable au Kelenn. Les concurrents devaient partir de la plage et faire le tour de l'île par la droite ou par la gauche. Le choix était libre. Une centaine de concurrents s'élancèrent de la plage. Marion Sénéchal avait choisi le côté droit, passant par la Tortue et le Cerf, pour revenir à l'arrivée, par la passe aux Moutons. Elle finit dans les toutes premières places. Je la félicitai. Elle était, comme d'habitude, entourée d'une petite cour d'admirateurs.

Elle vint à moi et me proposa de boire un verre, le soir même, chez elle à Coatserho. Elle voulait me montrer des vidéos de compétition de son sport préféré. Et même de compétitions qu'elle avait remportées. Je déclinai l'invitation sous je ne sais plus quel mauvais prétexte. J'étais déjà invité chez des amis, une invitation déjà ancienne et à laquelle je ne pouvais pas me dérober. « Une autre fois alors, quand vous voudrez, cela me ferait plaisir. » J'avais accepté d'aller ramer sur sa planche, j'avais barboté dans la mer toute la matinée, mais je n'avais aucune envie de me retrouver dans son lit. J'avais passé l'âge de ce type de fantaisie. Et compte tenu de notre différence d'âge, cela ne ressemblait à rien. Et puis j'étais de nature fidèle et pas aventurier pour deux sous, alors même que je ne devais fidélité à personne depuis bien des années. Plutôt flatté néanmoins par la proposition, je demeurais circonspect et prudent.

Je retrouvai Joana et Guy à la terrasse du Petit Relais. Ils étaient accompagnés d'un couple. Je reconnus immédiatement Évelyne Gonidec, la locataire de l'île Louët, que nous avions rencontrée chez elle à Lesneven et dont le témoignage nous avait été infiniment précieux.

J'avais demandé à Joana de la faire venir et de

lui donner rendez-vous à Carantec. Évelyne Gonidec nous présenta son compagnon, Éric. Son beau-frère préféré, comme disait Joana. Ils se tenaient par la main et affichaient des airs d'absolue complicité.

— Alors, Guillaume, le paddle, tes premières impressions ?

— Assez agréable comme sport, plutôt exigeant musculairement, mais je ne suis pas sûr qu'il soit très bon pour le dos, car on travaille toujours en torsion et les reins doivent en prendre un vieux coup. À mon avis, à pratiquer avec modération.

Nos amoureux étaient catégoriques. Ils avaient observé Marion Sénéchal sur sa planche et l'avaient formellement reconnue, son allure, ses cheveux, son port de tête, sa manière de ramer.

— J'ai l'impression de la voir, là devant moi, au pied de l'île Louët. C'est elle qui est passée devant nous, ce soir-là. Tu es de mon avis, Éric ?

— Oui, mais un truc me trouble. Il manque quelque chose. J'ai bien vu la planche dans le faisceau du phare.

Ils se concertèrent un moment, se parlant à voix basse et dans le creux de l'oreille.

— Nous avons trouvé ! Elle avait quelque chose en long entre ses pieds. Posé sur la planche et peut-être attaché. Une barre quelconque. Comme une queue de pelle ou un manche à balai. C'était entre ses jambes. Sombre sur la planche claire et coupait la planche en deux dans le sens de la longueur.

Joana jubilait et tapait du poing sur la table.

— Je te l'avais bien dit, mais Monsieur ne veut écouter personne. Tu es figé dans tes modes de pensée et dans tes clichés, tu n'as plus aucune réactivité. Une vraie betterave. Tu te fais vieux et tu fonctionnes désormais comme un vieux. Ce qu'elle trimballait sur sa planche, c'était une barre à mine pour ouvrir la citerne et y enfermer son bonhomme après l'avoir zigouillé…

— Tu le crois vraiment ?

— C'est évident. Pour tout le monde, sauf pour toi…

J'offris, de très bon cœur, le chocolat chaud, le thé à la menthe et les viennoiseries du goûter.

XX

Le lendemain lundi, de très bonne heure, nous arrivions Marion Sénéchal. Dans nos bureaux, elle ne résista pas très longtemps et admit rapidement la vérité. Le témoignage des amants de l'île Louët l'accablait. Quand elle avait compris la passion de Xavier pour Blanqui, le château du Taureau et son souterrain, elle avait ourdi un plan habile et même machiavélique. Elle avait décidé de le tuer et de faire disparaître son corps. C'est elle qui, un mois plus tôt, avait volé la clé château dans le bureau de Maout, profitant de son absence et de sa parfaite connaissance des lieux qu'elle avait fréquentés quantité de fois depuis l'enfance.

Elle s'était préparé un alibi. Sur une revue de cinéma quelconque. Elle avait arrimé une barre de fer sur sa planche. Une fois Xavier balancé par-dessus le parapet, elle avait jeté son sac à la mer, ainsi que la chaussure qu'il avait perdue quand elle l'avait traîné jusqu'à la citerne.

Nous étions un peu sidérés par autant d'organisation et par ce degré de préméditation dans le crime. Elle avait choisi une méthode plutôt radicale pour effacer ses dettes.

— Elle aurait mieux fait de jeter le cadavre à l'eau. Mais on aurait pu le retrouver sur un point quelconque de la côte. Mais elle avait peur que l'on retrouve le cadavre rejeté par la mer au fond d'une crique quelconque On ne l'aurait sans doute jamais retrouvé dans cette citerne dont l'entrée était condamnée depuis longtemps, et elle le savait. C'était sans compter sur le flair et le regard acéré de Maout. Pas de chance pour elle, elle est tombée sur un fouineur et sur un vicieux qui estimait que le château lui appartenait. Elle pensait que personne n'irait chercher un cadavre dans la citerne. Elle a fait le mauvais choix. Sa seule et grosse erreur.

Nous n'avions pas encore réussi à établir le degré de complicité de son compagnon Bruno L'Hostis. Pour l'instant, nous l'avions laissé en liberté sous contrôle judiciaire.

Nous allions présenter Marion Sénéchal à un juge d'instruction à Brest, qui allait prononcer sa mise en examen pour le meurtre de son compagnon. En quittant mon bureau, serrée entre deux agents et menottes aux poignets, passant devant moi, elle m'avait balayé d'un interminable regard haineux. Joana exultait.

— Elle ne va pas trop te manquer, ta belle sirène ? Elle ne risque pas de t'inviter à passer ses prochaines vacances avec elle, maintenant que tu lui as cassé son petit plan si bien organisé. Le club Méditerranée, le sable blanc des Seychelles ou même d'une quelconque île grecque, ou de partout d'ailleurs, c'est fichu, en tout cas mal barré pour vous. Tu as vu comment elle t'a regardé en quittant le bureau… Un coup d'œil pareil et tu es mort sur place. Il faut voir, à l'inverse, comment tu la regardais dimanche, quand elle ondulait du cul devant toi sur la plage, en portant sa planche rose vers sa voiture…

— Pas du tout. Tu exagères…

— Hypocrite ! Je ne peux pas te croire. D'ailleurs, je t'ai observé, tu semblais aux anges.

— Tu sais, ou plutôt je vais te l'apprendre, qu'elle m'avait invité à passer chez elle la soirée de ce même dimanche. Boire un verre, disait-elle, et visionner des vidéos de paddle, de ses compétitions et de ses nombreuses victoires. Et ses coupes alignées dans une vitrine.

— Bien joué. Tu ne risquais plus de la considérer comme une coupable possible, par la suite. Je vois d'ici la belle te montrant toute la soirée quantité d'images où elle pose, sculpturale et tout humide dans des tenues suggestives. Bien étudié pour émoustiller et mettre en condition un vieux Don Juan sur le retour. Tu n'avais aucune chance d'y résister. Tu étais cuit d'avance et tu as dû oublier ton enquête immédiatement et voir notre suspecte sous un angle bien différent. Un angle, si je puis dire… entre les longues jambes bronzées de la belle esthéticienne. Et alors, tu y es précipité, flamberge au vent, naturellement ! C'est vrai que j'ai trouvé qu'avant-hier, lundi matin, tu n'avais pas trop l'air en forme. Tu avais, en arrivant au commissariat, le cheveu en bataille, le teint grisâtre, la démarche molle et l'œil éteint, poussiéreux et fripé. Tu as certainement eu du mal à tenir le rythme qu'elle t'a imposé. Elle t'avait mis sur les rotules. Tu as, mon pauvre Guillaume, passé l'âge de ce type de folie. Il faut te rendre à l'évidence. Arrête enfin, calme-toi ou tu vas y laisser ta peau…

— Non, Joana, tu n'y es pas du tout. Je ne suis pas si fou, et je ne suis jamais allé à ce rendez-vous, j'ai décliné net et ferme son invitation. J'ai pris n'importe quel prétexte. Ou plutôt le premier prétexte venu. Je lui ai dit que j'étais invité chez toi et Guy à Plestin, que vous vouliez me faire découvrir votre nouvelle maison, que vous m'aviez invité à dîner et que je ne pouvais pas revenir en arrière sauf à apparaître comme un rustre, ce que, tu l'admettras quand même, je ne suis pas encore. Elle s'est déclarée contrariée et nous avons vaguement remis l'invitation à samedi prochain.

— Quel sacrifice et quel sens du devoir ! Tu ne regrettes pas trop ta petite soirée coquine ? Drôle de bonhomme ! Tu m'étonneras toujours.

— Aucunement. J'ai très largement passé l'âge, je ne me vois pas coucher avec quelqu'un qui a, à peu d'années près, l'âge d'être ma petite-fille. C'eût été de la pédophilie, et les pédophiles sont des gens qui me répugnent prodigieusement. Il n'y aura pas de samedi prochain ni d'ailleurs aucun autre samedi. Jamais. De toute façon, pas avant quinze ans d'ici, c'est ce qu'elle va se ramasser aux assises de Quimper dans quelques mois, pour avoir tué son compagnon… Et moi dans quinze ans d'ici ?

— Tu n'auras sûrement pas changé, toujours aussi allumé, tu feras toujours le petit coq dans le poulailler. Ou le vieux coq sur son tas de fumier. Et toujours aussi naïf et roulé de tous les côtés.

— Sacrée chipie ! Je t'adore !

D'un brusque mouvement de hanche, je la saisis par la taille et la projetai par-dessus le bureau, mais en la retenant au dernier moment.

— C'est probablement avec cette prise que Marion Sénéchal a balancé son compagnon par-dessus le mur depuis la terrasse du château du Taureau.

— Tu n'as pas perdu la main, dis-moi…

— Ceinture noire troisième dan, ma chère.

— Tu crois qu'il a eu le temps de se rendre compte que c'était Marion qui le soulevait comme un sac de patates et qui le balançait du haut de la terrasse ?

— Peut-être, mais le pauvre garçon ne pouvait plus rien y faire. Elle était beaucoup trop forte pour lui. Il a peut-être eu le temps de tourner la tête, de sorte que son dernier regard aura été pour elle…

— Tu crois ? C'est quand même beau l'amour ! Elle l'a tué pour ne pas avoir à lui rendre son argent. Elle m'a dit aussi, au cours de l'interrogatoire, qu'il était archinul au lit, un intello ramollo, et qu'il n'y avait rien à en tirer de ce côté-là.

— Dans ce cas, évidemment, on peut comprendre. Tu crois vraiment qu'il s'agit d'un motif valable pour tuer son compagnon ?

— Je ne sais pas trop. Quand même pas. Sinon, ouille, ouille, ouille, quelle hécatombe parmi quantité de supposés mâles autour de nous !

— Tu sais ce qu'Arsène m'a appris tout à l'heure ?

— Non, comment pourrais-je le savoir ?

— Notre chère patronne s'est mise à la cigarette électronique !

— Elle n'a pas fini de nous étonner, celle-là !

Une nouvelle semaine passa. Je venais d'apprendre que Maout avait tenté de se suicider à la prison de Ploemeur. Il s'était tailladé les veines des bras avec un morceau de métal qu'il avait aiguisé en le frottant contre le mur de sa cellule. Il avait été admis dans le service de réanimation de l'hôpital du Scorff à Lorient.

Je prenais quelques jours de repos. J'avais tellement de jours de congé en retard ! J'étais évidemment retourné au château du Taureau. J'avais dissimulé

Horace sous mon blouson, car la forteresse est interdite aux chiens. On avait recruté un nouveau gardien, sympathique, vif et jovial, tout le contraire de Maout. L'emplacement de l'entrée du fameux souterrain continuait à me préoccuper. Aujourd'hui, je suis tout à fait persuadé qu'il existe, mais que certains responsables ne veulent pas qu'on en parle. On me dit qu'il n'existe aucun plan en attestant l'existence, mais on oublie qu'un souterrain est par définition secret et qu'il eût été absurde d'en établir un plan. Je me souvenais encore de la gêne ironique du responsable des Bâtiments de France auquel je m'étais adressé en ses bureaux brestois. Allais-je devoir, comme Xavier Delarue, me laisser enfermer dans le château pour essayer d'en découvrir l'entrée ? Cette gaminerie n'était plus de mon âge. Malgré tout, je voulais tirer cette affaire au clair. J'allais y consacrer mes prochaines vacances car j'étais maintenant persuadé que ce passage existait. Peut-être en partant de sa sortie possible à partir de Plouézoc'h. On m'avait parlé d'un trou étrange dans la falaise sous Barnenez. J'allais partir à l'aventure et j'en étais tout excité.

J'avais, le matin même, trouvé sur mon téléphone un message de mon collègue, Arsène Le Treut.

— Mon pote de Locquénolé, Lucien Le Ven, vient de m'appeler pour me dire que les deux cafés de son patelin vont rouvrir incessamment. L'un d'entre eux a été racheté par la municipalité. Alors que j'y suis mort de soif pendant une quinzaine de jours. Je n'ai vraiment pas de chance. Une vraie malédiction !

Je compatis à ses souffrances passées et me réjouis avec lui de la renaissance des commerces de ce très joli petit bourg qui allait enfin retrouver des lieux de rencontre et de convivialité.

ÉPILOGUE I

Un dimanche après-midi. Vers la fin septembre.

Michel Jeanne, après bien des hésitations, avait fini par acheter une maison à l'île de Batz. Une petite maison basse, en pierre, gîtée dans un repli de la dune, face au soleil et à la mer. J'étais allé lui rendre visite. Il semblait aller mieux, grâce au repos et au grand air marin. Il fallait cependant éviter d'évoquer certains sujets et surtout l'existence de certaines personnes. Il avait conclu un accord avec Madeleine Quiviger, le nouveau médecin de Roscoff, pour la remplacer un week-end de garde sur deux et pendant les vacances.

— Elle est comment ?

— Pas mal du tout. Beauté discrète, éducation bourgeoise, cultivée, catholique pratiquante, mais beaucoup trop jeune.

— Pas de chance !

Je passais le week-end chez mon amie Valérie, fort soulagée et ravie que j'aie enfin acheté une maison à Roscoff. Elle m'en pressait depuis si longtemps ! Aucune décision officielle et définitive n'avait encore été prise concernant l'avenir du commissariat de Morlaix. Je continuais à réfléchir à toutes les possibilités qui se présenteraient à moi pour occuper les dernières années qui me séparaient de la retraite. Une agence de détectives privés m'avait proposé un contrat plutôt alléchant, un véritable pont d'or, pour ces dernières années-là, ce qui faisait rire mon ami Michel.

— Je ne te vois pas finir ta brillante carrière de commandant de Police Judiciaire en passant tes dernières années de carrière à courir après les adolescentes en fugue, à traquer les maris cavaleurs ou ramener au bercail les épouses un peu agitées.

— Pas question, évidemment. Cette proposition ne m'intéresse pas du tout et j'ai refusé tout net.

— Tu es quand même très demandé, tes talents et des compétences semblent reconnus et recherchés, mon cher Guillaume.

— Le métier, l'expérience chèrement acquise tout au long d'une brillante carrière et un savoir-faire indiscutable et éprouvé… surtout auprès des épouses agitées !

Nous partîmes en même temps d'un gros éclat de rire. Michel me prit par le bras et nous mîmes sur le champ à la recherche d'une bonne table pour le déjeuner, d'évidence hantés et poursuivis, l'un comme l'autre, par la perspective si proche d'un monstrueux plateau de fruits de mer. Avec un grand pot de mayonnaise bien ferme. Et plusieurs heures de dialogue et d'amitié parfaite jusqu'au soir, et sans doute très au-delà, jusqu'au cœur même de la nuit…

ÉPILOGUE II

Vendredi 30 octobre. Avant-veille de la Toussaint.

Je rangeai ma voiture sur le parking d'un grand magasin de la périphérie de Morlaix, auprès d'un grand chapiteau blanc. Une exposition-vente de fleurs de la Toussaint.

Un océan de chrysanthèmes, d'azalées et de bruyères de toutes les couleurs. Comme la plupart des gens, je sacrifiais à ce rituel. Un pot de fleurs pour la tombe de mes parents et un autre pour celle d'une vieille dame pour laquelle j'avais éprouvé beaucoup de tendresse quelques années auparavant. Arsène Lachuer n'avait guère changé ; son petit cou de poulet étique sortait de la même chemise à carreaux bleus au col élimé que le jour où nous l'avions interrogé dans nos bureaux. Un pot de fleurs, plus large que sa poitrine, lui dépassait la tête qu'il penchait de côté, presque enfouie parmi les fleurs. Il donnait l'impression d'être entré dans le bouquet et d'en faire partie. Une composition de chrysanthèmes de couleurs différentes. Il avait de toute évidence choisi le pot le plus grand, le plus coloré et sans doute le plus cher. Une petite tête comique dans les fleurs. Il posa le pot à ses pieds avec d'infinies précautions.

— Bonjour Monsieur le policier. C'est pour mettre sur la tombe de Clarisse. J'en achète un tous les ans pour la Toussaint, un autre pour son anniversaire, un autre enfin pour notre anniversaire de mariage. Je ne sais pas comment vous le dire, et je ne devrais même pas vous le dire, mais vous êtes un homme bon, je l'ai bien vu quand vous m'avez gardé toute une soirée dans votre bureau. Un brave homme comme on dit chez nous. Et tellement aimable et compréhensif… Vous donnerez le bonjour à votre collègue. Je ne me souviens plus de son prénom ni de son nom…

— Arsène Le Treut.

— Ah oui, je m'en souviens maintenant, je savais bien que c'était un drôle de prénom.

— Un homme très aimable, lui aussi. En voiture, il m'a dit des mots très gentils, il m'a consolé. Il m'a dit que ma vie avait été très dure et que j'avais été très courageux. Je lui ai beaucoup parlé de Clarisse et il m'a écouté. J'étais très touché qu'il s'intéresse à la vie d'un pauvre homme comme moi. Je l'ai même fait rire aux éclats quand je lui ai demandé s'il était marié, pourtant, je n'ai pas fait rire quelqu'un depuis longtemps. Je suis allé en vitesse chercher le portrait de Clarisse chez la voisine, car je n'aurais pas pu entrer dans ma maison sans elle. J'ai offert un verre de porto à votre collègue, Arsène. Je n'avais pas autre chose à lui proposer. Il aurait sûrement préféré du vin ou de la bière, mais je n'en bois jamais et je n'allais quand même pas lui offrir un café. Je ne suis pas sûr qu'il aurait aimé ça ! Il l'aurait sûrement trouvé mauvais, mon café-chicorée. Je l'ai même aidé à finir la bouteille de porto. Il m'a dit que j'avais arrangé ma petite maison avec goût, que mon potager était impeccablement tenu et que mes légumes étaient beaux. Je n'aurais jamais pensé qu'il pouvait y avoir des policiers comme vous et comme lui. Dites-lui de revenir me voir s'il passe dans les monts d'Arrée… Mes poules pondent encore, je lui donnerai des œufs frais et des légumes, de bons légumes, bios comme on dit partout aujourd'hui. On bavardera tous les deux, ça me fera plaisir. Je n'ai pas beaucoup de visites, alors quand quelqu'un vient me voir, j'en profite un petit peu. Dites-lui aussi que j'ai acheté à Sept à Sept, l'épicerie du bourg, une nouvelle bouteille de porto. La même que l'autre fois. Nous la déboucherons ensemble. Dites-lui que je l'attends, ma porte est toujours grande ouverte…

Le petit homme me souriait de toutes ses gencives roses et découvertes. Je ne sais plus trop pourquoi j'ai brusquement eu envie de le serrer dans mes bras et d'embrasser ses joues parcheminées, porté par une étrange attirance. Peut-être le souvenir et l'image de mon propre père, un homme aussi doux et qui portait, à l'occasion, le même vieux vêtement fripé, usé et démodé, une sorte de vieux costume du dimanche auquel il ne voulait pas renoncer et que j'avais un jour dû mettre à la poubelle. À son grand désarroi. Mais je n'ai pas osé embrasser le vieil Ambroise, par pudeur sans doute, et en raison de je ne sais quelle gêne naturelle. Sans doute un lointain résidu de mon éducation léonarde, désespérément réservée et pudique.

Je lui portai son grand pot de chrysanthèmes multicolores jusqu'à sa voiturette et l'aidai, avec difficulté, à le caser dans le coffre minuscule, à l'arrière du petit véhicule. Puis, je le regardai partir dans sa voiture vibrante et pétaradante. Il me fit, de la main, un signe bref et timide qui griffa mollement l'espace devant lui.

Une petite patte d'oiseau fragile.

FIN

Paros (Cyclades). Taulé. Carantec.
Août 2015-Mars 2016

BIBLIOGRAPHIE

— Jean-Charles Bouchoux : *Les pervers narcissiques* - Pocket.

— Otto Kernberg : *La personnalité narcissique* - Dunod.

— Auguste Blanqui : *L'Éternité par les astres* - L'Amourier éditions.

— Auguste Geoffroy : Blanqui : *L'enfermé* - L'Amourier éditions.

— Alain Decaux : Blanqui : *L'insurgé* - Perrin.

— Maurice Paz : *Un révolutionnaire professionnel, Blanqui* - Fayard.

— Louis le Guennec : *Le château du Taureau* - Le Bouquiniste, Morlaix.

— Daniel Appriou-Erwan Bozellec : *Châteaux et manoirs en baie de Morlaix*. Tome I - Éditions du Bois d'Amour.

— Daniel et Marie-Claude Appriou *: Le château du Taureau, bastion et prison, 5 siècles d'histoire en baie de Morlaix* - Éditions du Bois d'Amour.

— François de Beaulieu et Hervé Ronné : *Le château du Taureau, sentinelle de la baie de Morlaix* - Éditions Ouest-France.

— Guillaume Lécuillier : *Le Taureau, forteresse Vauban* - Skol Vreiz.

— François de Beaulieu et Hervé Ronné : *Baie de Morlaix* - Géorama.

Aux Éditions Alain Bargain

Dans la collection

ENQUÊTES ET SUSPENSE :

Alain Couprie
- Ça chauffe à Roscoff
- Pas d'oignons pour le Léon
- La Mutilée de Saint-Renan
- Drague folle à Lannion

Patrick Bent
- Erquy profite le crime *(épuisé)*
- Le macchabée du Val-André *(épuisé)*
- Saint-Cast priez pour eux ! *(épuisé)*
- Hécatombe à Saint-Malo
- Nuit noire à Dinard *(épuisé)*
- Algues fatales à Erquy
- Rock'n'Roll à Lamballe
- Pluie de fiel sur Fréhel
- Arnaque à Erquy

Lise Tiffanneau-Midy
- Sortie de route en Anjou
- Vengeance sur la Corniche Angevine
- Un Justicier à Trélazé
- Réveillon obscur en Saumur
- Grabuge dans Les Mauges
- L'Abeille de Fontevraud

Valérie Lys
- Rennes, Échec au Fou
- Confessions Rennaises
- Grise mine à Fougères

Chaix d'Est-Ange
- La filière d'Arradon
- La petite dame de Locminé
- Ratissage dans le golfe
- L'Écluse de Malestroit
- Copie conforme à Larmor-Baden
- Les Truands de Saint-Goustan
- Coup de barre à Étel *(épuisé)*
- Vilaine affaire à La Roche-Bernard
- Perfusion à Quiberon *(épuisé)*
- Le Passager de Lann-Bihoué

Annie Le Coz
- Les Maudits de Kérogan *(épuisé)*
- Plumes sèches à Beg-Meil *(épuisé)*
- Quimper sonne les cloches *(épuisé)*
- "Caval" à Saint-Guénolé *(épuisé)*
- "Clap" de fin à Langolen *(épuisé)*
- Mortelle Bigoudène *(épuisé)*
- Braquages en Cornouaille

Solenn Colléter
- Lettres de sang sur la Côte Sauvage *(épuisé)*

Vincent Cabioch
- 5 Diables Verts à Huelgoat

Christophe Chaplais
- Pâté de Corbeau aux amandes amères
- Le calisson jusqu'à la lie
- Farz aux herbes de Portsall
- Addition salée au Croisic
- Salade russe aux noix de Grenoble *(épuisé)*
- Fourchette mortelle à Chinon
- Soupe de Crabes à Brest *(épuisé)*
- La face cachée des Étoiles
- Mélodie gourmande à Guérande

Sylvain Pettinotti
- Manzini ou "L'art des choix" *(épuisé)*
- Réactions en chaîne en Isère

Bernard David-Cavaz
- Traboules *(épuisé)*
- La Fille de Sein

Jean-Pierre Farines
- Brume sur la Presqu'île *(épuisé)*
- La route de Rocamadour
- Le Phénix est mort à Camaret
- Cercueil vide en Mer d'Iroise

Jean-Claude Belfiore
- Toxines sur Nantes

Cédric Labb
- Les Démons du Midi *(épuisé)*
- Les Muses de Savoie *(épuisé)*

Jean-Pierre Le Marc
- Matin rouge au Guilvinec *(épuisé)*
- Soirées noires à Penmarc'h
- Double vie à Loctudy *(épuisé)*
- Signes de sang à Lesconil *(épuisé)*
- L'Héritier des Trépassés

Jacques Caouder
- L'Occise des Landes *(épuisé)*
- L'Évadée de Brennilis
- Le Mort de Brest-Les Abers *(épuisé)*
- La Troménie noire
- Rumeurs mortelles à St-Renan *(épuisé)*

Aux Éditions Alain Bargain

Dans la collection
ENQUÊTES ET SUSPENSE® **:**

Martine Le Pensec
- Onde de choc sur Fermanville
- Angoisse sur Penmarc'h *(épuisé)*
- Lumière noire sur la Penfeld
- Printemps funeste à Brest
- Treizième lune à Concarneau
- 32 octobre à Roscoff
- Terminus à Lannilis *(épuisé)*
- L'Enfer de Plogoff
- Alerte rouge à Brest
- Bad Trip à Lorient
- Le Cobra de Brest
- Le Mouton noir de Roscoff
- Sang pour sang à Recouvrance

Marie Vaillant
- Chantage Bigouden
- Les corps mourants de Plozévet
- Vague blanche au Pouldu
- Malaise sur la côte lorientaise

Stéphane Jaffrézic
- Chili-Concarneau
- Ville bleue et beaux dégâts *(épuisé)*
- Disparitions en Pays Fouesnantais
- Tri Yann Tro Breizh *(épuisé)*
- Vengeances croisées à Nantes *(épuisé)*
- Escale forcée à Brest
- Dolmens sanglants en Bigoudénie
- Escapade à Landerneau *(épuisé)*
- Le mauvais fils de Guidel
- Murder party à Quimper
- Rendez-vous raté à Quimperlé

Simone Ansquer
- Téviec, le Secret *(épuisé)*
- Aux tours de La Rochelle
- Grain de sable à Saint-Pierre-Quiberon
- Le mystère de la Cathédrale de Vannes
- Carnac, les menhirs disparus
- Bons baisers de l'île de Houat
- Nuit d'Enfer à Quiberon

Gérard Croguennec
- Voile épais au Conquet
- Brest, Abri 668
- Morlaix en eaux profondes

Bernard Larhant
- Quimper sur le gril *(épuisé)*
- Douarnenez, piège à Mouettes
- Les Galets de Tréguennec
- Les bas-fonds de Quimper
- Pas de pardon à Locronan
- Un pavé dans La Loire
- Psychose sur Bénodet
- Sang d'encre au Mans
- La Torche entre deux eaux
- Du Pastis dans l'Odet
- Les Ombres du Rennes-Quimper
- La Madone du Faouët
- Effet domino à Concarneau
- Le Môme de Fouesnant
- Hors la loi à Groix

Michel Courat
- Ça meurt sec à Locquirec
- Marée rouge à Plestin-Les-Grèves
- Coup de grisou à Pleumeur-Bodou *(épuisé)*
- Mort en vrac à Morlaix
- Sauvage farandole à Paimpol *(épuisé)*
- Mise à mort en Bretagne nord
- Masques de Terreur à Lanmeur
- Été meurtrier à Tréguier
- Le raisin coule à Lesneven
- Le Diable s'invite à Locquirec
- Morts à gogo à Plouguerneau

Philippe-Michel Dillies
- Meurtres à Monnaie *(épuisé)*
- Chasse à Tours *(épuisé)*
- Train d'enfer pour Saint-Pierre-des-Corps
- Les roses noires de Chartres
- Du raisiné à Vouvray
- Partie truquée à Descartes
- Embrouille à Amboise *(épuisé)*
- L'écheveau de Blois
- Anicroches à Loches
- Murmures en Saumur
- Les plumes noires de St-Cyr-sur-Loire
- Clash à Tours